Finn et les pirates

La rencontre

PAUL THIÈS

FINN ET LES PIRATES

La rencontre

Castor Poche Flammarion

Prologue

Finn Mc Cloud rêvait souvent. Il crut longtemps aux « petites gens », les lutins d'Irlande qui hantaient le rivage. Les korrigans taquinaient les bossus, les fées dansaient sur de sombres pelouses, au cœur des forêts.

Ses parents, de misérables fermiers, moururent des fièvres. Le châtelain du pays plaça l'orphelin chez un forgeron. Les lutins n'aimaient pas la forge, et Finn non plus. Il s'enfuit. Le châtelain le rattrapa. Le garçon travailla chez un cordonnier, un charron, un menuisier, et il s'échappa à chaque fois. Le châtelain, exaspéré, l'expédia finalement sur le *Cordélia*, un navire en partance pour l'Amérique.

Finn Mc Cloud balaya donc le pont du bateau. Il ne rêvait plus de lutins mais de sirènes et du grand Serpent de mer. Ensuite il balaya les rues de New York. Le *Cordélia* repartit. Finn Mc Cloud, devenu bien malgré lui mousse, marmiton et garçon de cabine, astiqua le bateau de la quille à la pomme du grand mât, sans compter les couverts d'argent du capitaine, ses bottes de cuir, ses pistolets et son épée de parade.

Finn Mc Cloud était maigre comme un clou, sale comme un peigne et roux comme le diable. Son père prétendait jadis qu'ils descendaient des anciens rois d'Irlande. Les marins du *Cordélia* le traitaient plutôt de rat d'égout, de moustique, de moucheron, de chien galeux...

Ce matin-là, sur les quais de Bahia de Tous-les-Saints, au Brésil, Finn Mc Cloud, qui rêvait désormais des Cités d'or de Cibola, rencontra les deux plus belles filles du monde.

La plus belle fille du monde, une Créole au pas dansant, avait seize ou dix-sept ans. Grande, blonde, les yeux bleus, elle portait une robe digne des palais d'Europe. Un jeune Noir, un adolescent solide aux traits réguliers, vêtu d'un simple caleçon de lin blanc, la protégeait du soleil avec une immense ombrelle de soie.

Finn se figea, le souffle court. Une servante noire aux lourds cheveux lisses escortait la belle Créole. C'était l'autre plus belle fille du monde ! Elle marchait pieds nus, ses ongles brillaient au soleil comme des éclats de mica. Finn, la bouche grande ouverte, contemplait les adolescentes avec une admiration béate.

— Mousse ? Tu rêves ! Au travail ! gronda le capitaine Garner.

Finn sursauta et empoigna vivement son balai. Garner se pencha au bastingage et vit à son tour la belle Créole. Il rajusta machinalement son col et la salua avec fatuité.

— Que désirez-vous mademoiselle ? lui demanda-t-il.

Garner, un homme aux traits durs, aux yeux froids, aimait presque autant l'or que les femmes.

— Je suis Anne Mandayville, lança la jeune fille avec assurance. Vous êtes bien le capitaine du *Cordélia* ? J'ai réservé une cabine jusqu'à New York.

— C'est exact, répondit Garner. Veuillez monter à bord.

Finn faillit dégringoler dans le port. Les deux filles embarquaient ! Et lui, il était amoureux. Comme un fou. Et des deux à la fois !

1. Les étranges passagères

Le *Cordélia* ne quittait Bahia qu'une semaine plus tard. Finn Mc Cloud en profita pour espionner les belles passagères.

Anne Mandayville disposait de la plus vaste cabine du navire.

À la première occasion, Finn se faufila dans les coursives et colla son œil au trou de la serrure. Les boiseries sombres, le sol soigneusement ciré, le lit de chêne rivé au mur, les hublots cerclés de cuivre étincelaient de propreté. Deux étroites alcôves, l'une destinée aux affaires de la voyageuse, l'autre à la banquette où dormirait Sara, la servante, parurent la satisfaire.

L'esclave noir, nommé Miguel, coucherait dans l'entrepont.

—Va-t'en, lui ordonna Anne Mandayville d'une voix tranquille.

L'adolescent s'inclina et quitta la cabine en silence. Finn se blottit vivement dans un couloir latéral, puis reprit son poste d'observation.

Anne Mandayville s'assit, le visage pensif. Sara ouvrit une première malle et en retira plusieurs robes de soie qu'elle défroissa du plat de la main.

—Les bijoux? lui demanda sa maîtresse.

Sara posa une cassette sur le lit et en tira deux colliers, l'un de diamants, l'autre d'émeraudes, des bracelets et des boucles d'oreilles. Finn en salivait de convoitise! Mais Sara sortit d'une sacoche de cuir deux longs pistolets à crosse de nacre. Anne Mandayville les caressa du bout des doigts tandis que Sara vérifia les canons. Finn écarquillait les yeux: drôles de filles!

Le mousse ne brillait guère par son courage. En Irlande, il craignait les branches qui craquaient sur les chemins et les sorcières qui dansaient sous la lune, les chiens errants et les loups des légendes, sans compter le diable cornu! À bord du *Cordélia*, il redoutait les cris du capitaine, le mal de mer, les coups des matelots, les rats qui galopaient dans la cale. Bref, Finn avait peur de tout ! Jolies ou pas, ces filles et leurs pistolets l'inquiétaient…

Anne Mandayville jeta un coup d'œil par un hublot. Sur les quais ensoleillés, des marchands de beignets, de pastèques, de pistaches, de brochettes s'époumonaient pour attirer les flâneurs. Une vendeuse vêtue du costume traditionnel des Bahianaises, une robe de coton et un énorme turban bleus, proposait ses fleurs aux passants. Des ânes chargés de farine ou de fruits trottinaient sagement entre des barriques de rhum ou des ballots de tissu. Des adolescents africains s'affrontaient dans un cercle de terre battue. Ils pratiquaient la capoeira, la lutte des esclaves, qui ressemblait aussi à une danse. Leurs maîtres pariaient parfois des sommes folles sur leurs combats.

—Nous ne partons qu'après-demain n'est-ce pas ? demanda Anne.

—Oui mademoiselle, répondit Sara.

La belle Créole contempla encore les jeunes combattants et déclara :

—Je suis sûre que Miguel les écraserait. Il se battra demain.

Finn dressa l'oreille. Il connaissait mal la capoeira, mais le spectacle l'intéressait.

— Il risque de se blesser, mademoiselle ! objecta Sara.

— Il combattra ! répéta seulement Anne Mandayville.

— Bien, répondit Sara en baissant la tête.

Finn s'éloigna à pas de loup. La capoeira du lendemain… Il ne manquerait ça pour rien au monde !

2. La capoeira

La capoeira commençait en général de bon matin, avant les grandes chaleurs. Sur les quais, des Anglais à favoris partageaient leur bière avec des Hollandais aux lourdes mâchoires. Des Américains en redingote noire et des coolies chinois se disputaient en mauvais portugais. Des gamins couraient partout, mousses blonds, petits esclaves déguenillés échappés des cuisines ou des écuries. De jeunes laquais en livrée jalousaient les mendigots en haillons qui plongeaient dans le port, entre les barques multicolores.

Un géant balafré centralisait les paris : francs, dollars ou florins dansaient entre ses mains.

Tout le monde pariait à la capoeira, les armateurs, les boulangers, les tailleurs de pierre, les pêcheurs de sardines et les moines sortis tout exprès de leur cloître. Les dames de la haute société misaient gros sur les combats. La très noble dona Luz de Tintuval, une parente des Bragance, la famille impériale du Brésil, penchée à son balcon, en parlait justement avec une belle voyageuse : Anne Mandayville !

Les édifices qui dominaient le port arboraient des écussons de pierre sculptée, des girouettes en forme de coq ou de dauphin, de couronne, de caravelle. Les esclaves s'affrontaient sous leurs balcons.

Finn Mc Cloud, adossé à un vieux mur de brique, attendait le début des combats. Il entendit Sara interroger Miguel.

— Ça ira ?

L'adolescent, pieds nus, torse nu, essuya ses mains moites sur son caleçon de coton.

— Elle me regarde ? demanda-t-il sans lever les yeux.

Sara jeta un coup d'œil au balcon des Tintuval. Anne Mandayville, une coupe de cristal à la main, bavardait avec son hôtesse.

— Elle est là, murmura-t-elle. Elle a parié sur toi.

—Combien ? demanda le garçon à voix basse.

—Plus de mille pesos.

Miguel se redressa.

—C'est deux fois mon prix ! Son père ne m'a payé que cinq cents pesos !

—Je sais, répondit lentement Sara.

Finn, intrigué, se demanda brusquement où se trouvait le père d'Anne Mandayville. En général, les Blancs ne laissaient pas leurs filles vagabonder à travers les Caraïbes…

Des esclaves enchaînés, accroupis à l'ombre, grommelaient des mots sans suite. Leurs maîtres blancs et leurs gardiens noirs, également passionnés par la capoeira, attendaient le spectacle avec impatience. Un jeune mulâtre à la peau claire observait avec anxiété le cercle de terre battue. Finn le trouva moins abattu que ses compagnons d'infortune. Il lui sourit machinalement puis reporta son attention sur Sara et Miguel. Le jeune Noir fermait les yeux.

—Ça ira ? répéta Sara.

—Je dois me concentrer, répliqua Miguel.

—Pour que mademoiselle Anne s'achète un nouveau collier avec l'argent des paris ? lui demanda Sara avec amertume.

—Tu la détestes ? demanda Miguel.

—Oui !

—Alors quitte-la !

—C'est impossible.

—Pourquoi ? Tu es libre, toi, remarqua calmement le jeune esclave. Tu pourrais même partir pour l'Europe. Tu as des économies.

—Impossible... répéta Sara entre ses dents.

Finn tendit l'oreille. Miguel et Sara parlaient avec une hardiesse étonnante pour des esclaves. Et Sara l'attirait ! Un parfum d'aventure flottait autour d'elle...

Miguel fit jouer les muscles de ses épaules, fléchit les genoux pour se détendre. Finn observait à son tour le balcon des Tintuval. Anne Mandayville déposa sa coupe vide sur une petite table de fer forgé. Elle fixait Miguel.

Finn s'approcha de Sara. Ses lourds cheveux noirs sentaient la vanille et la mangue.

—Tu crois qu'il gagnera ? lui demanda-t-il.

La jeune fille se retourna et le reconnut.

—Ah ! Tu es le mousse ? marmonna-t-elle sans trop de sympathie.

—Exactement. Sans moi, le bateau coulerait trois fois par jour ! se rengorgea le rouquin.

La jeune fille sourit malgré elle.

—C'est du sérieux, la capoeira ? s'enquit le garçon. Qui a inventé un truc pareil ?

—Les esclaves n'avaient pas le droit de porter des armes, lui expliqua Sara, alors ils ont mis au point une sorte de lutte déguisée en danse. Avant c'était secret, mais maintenant les Blancs dressent des garçons au combat.

Elle haussa les épaules avec amertume.

—Les Blancs sont toujours les plus forts ! Ils parient sur leurs esclaves et gagnent beaucoup d'argent.

—Je suis blanc, répondit Finn avec fierté.

Sara le dévisagea et sourit.

—C'est vrai. Je ne l'avais presque pas remarqué.

—Ah oui ? Et pourquoi ? s'enquit le garçon.

Sara le considéra de ses pieds sales à sa tignasse flamboyante et lui expliqua avec indulgence :

—Parce que tu es aussi pauvre que le dernier des Noirs.

Finn baissa le nez, vexé d'être comparé à un esclave. Mais bon… Sara ne le détestait pas. Pas trop…

L'arbitre, un affranchi ancien champion de capoeira, frappa entre ses mains. Les combats commençaient.

Miguel respira à fond et pénétra dans le cercle. Son adversaire, un certain Joao de Flores, appartenait justement aux Tintuval.

—Prêts ? demanda l'arbitre.

—Je vais l'écraser ! grogna Joao de Flores en crachant sur le sol.

Miguel sourit tranquillement à Sara. Joao de Flores attaqua le premier. Il bougeait moins vite que Miguel mais le dépassait d'une bonne tête. Miguel se déroba, pivota autour de sa hanche et lança son pied nu en avant. Son talon frappa Joao à la tempe. Le malheureux s'effondra. Miguel avait remporté son premier combat ! Finn applaudit de bon cœur. Sara, soulagée, lui tapa joyeusement sur l'épaule. Finn, ravi, rougit jusqu'au bout des oreilles. Anne Mandayville, silencieuse, ne manifesta aucune émotion.

Miguel gagna facilement les combats suivants. Sara et Finn l'applaudissaient de plus en plus fort. Le capitaine Garner hochait la tête d'un air approbateur. Il avait parié sur l'esclave de sa belle passagère. Anne Mandayville souriait maintenant, comme si le cercle de terre battue, éclaboussé de soleil, lui promettait une pluie d'or. Ses yeux bleus et les yeux sombres de Miguel se croisaient à chaque victoire.

Finn trépignait d'excitation !

—Il n'en reste plus qu'un, chuchota-t-il à l'oreille de Sara.

—Le plus dangereux : il a gagné autant de combats que Miguel, répondit-elle.

Le dernier compétiteur se nommait Zé-le-Feu. La foule redoubla d'attention. Le vieil arbitre lui-même considérait les finalistes d'un air approbateur.

Zé-le-Feu, un adolescent au teint clair, se déplaçait aussi souplement que Miguel. Ses yeux d'un vert étrange trahissaient des ancêtres blancs. Finn le vit se tourner vers le jeune mulâtre enchaîné pour lui adresser un léger signe de tête. Ils se ressemblaient.

« On dirait des frères, réalisa Finn. Si Zé-le-Feu gagne, son maître achètera peut-être l'autre, en récompense. C'est ça ! Il se bat pour son frère. Miguel, lui… il ressemble à une machine ! »

L'arbitre frappa de nouveau entre ses mains et les finalistes s'avancèrent l'un contre l'autre. Miguel lança son talon, visant le menton, la tempe, puis la poitrine de son adversaire. Zé-le-Feu l'évita sans effort apparent. Il glissait sur le cercle de sable comme du mercure sur un miroir. Miguel repartit à l'assaut mais Zé s'effaça d'un coup de reins. Ses genoux frappèrent Miguel à l'estomac. Il se redressa mais Zé le toucha à la tempe.

Finn respirait très vite. Ça lui rappelait les combats de boxe en Irlande ou à New York. Mais lui n'était jamais monté sur un ring : les coups l'effrayaient trop !

Zé frappait sans relâche : talon droit, talon gauche, les coudes, les genoux. Miguel chancelait, l'arcade sourcilière déchirée. Sara leva la tête vers le balcon. Anne Mandayville, livide, ne bougeait pas.

— Tu es vaincu, murmura Zé-le-Feu à son adversaire, si bas que seuls Sara et Finn l'entendirent. Sois raisonnable. Abandonne.

— Non !

— Laisse tomber. Ta Blanche s'en moque !

— Jamais ! siffla Miguel, le visage couvert de sang, l'air d'une bête aux abois.

Sara cacha son visage entre ses mains. Elle tremblait.

« Elle l'aime », comprit Finn avec un léger pincement au cœur.

Dans les belles histoires, la jolie fille (Sara) tombait d'un coup d'un seul amoureuse du garçon (donc de Finn !), mais dans la vraie vie ça ne marchait pas toujours…

En mer, les matelots du *Cordélia* parlaient de l'amour avec de gros rires et des phrases grossières. Finn Mc Cloud, Finn le rêveur, préférait les contes : la légende de Tristan et Iseult, celle de Merlin l'Enchanteur et de la fée Viviane. Et depuis qu'il connaissait Sara, il rêvait d'elle, et pour elle…

Le garçon secoua la tête et revint à la réalité. Miguel vacillait sur ses jambes. Le combat s'achevait.

— Renonce ! répéta Zé-le-Feu.

Miguel refusa d'un geste. Zé-le-Feu le frappa trois fois de suite du poing, du coude et du genou. Miguel tomba sur le dos, inconscient. Sara poussa un grand cri et se rua en avant, mais Finn la retint par le bras.

— Attends ! L'arbitre va l'examiner !

Effectivement, l'ancien champion se pencha sur le jeune homme, saisit son poignet pour vérifier son pouls puis se redressa avec une expression rassurante. Sara poussa un profond soupir de soulagement. Finn, troublé, vit de grosses larmes rouler sur ses joues. Elle remarqua son regard apitoyé et gronda :

— Si tu lui dis que j'ai pleuré à cause de lui, je t'assomme ! Compris ?

— Compris, compris, se hâta de répondre Finn en hochant vigoureusement la tête.

Le public se dispersa. Les matelots comptaient leurs gains, les jeunes Africains commentaient en connaisseurs les péripéties des combats. Une poissonnière se jeta sur Zé-le-Feu et l'embrassa sur la bouche ! Le capitaine Garner grimaça en vérifiant ses gains écornés. La défaite de Miguel lui coûtait cher. Le garçon enchaîné que Finn avait remarqué, le frère de Zé-le-Feu, ne disait rien mais ses yeux verts brillaient d'espoir.

Miguel, oublié au centre du cercle de terre battue, reprenait lentement ses esprits. Sara, agenouillée près de lui, ne pleurait plus mais semblait furieuse. En voulait-elle à Miguel de sa défaite, ou à Anne Mandayville ?

— Aide-moi, ordonna-t-elle à Finn. Il faut le ramener au bateau.

Le mousse s'accroupit, passa son bras sous l'épaule de Miguel et l'aida à se redresser.

Le vaincu leva les yeux : le balcon des Tintuval était vide.

3. La nuit du *Chat Couronné*

La nuit tombait sur Bahia ; les parieurs victorieux buvaient l'argent de leurs gains. Les perdants buvaient aussi, pour se consoler. À bord du *Cordélia*, Miguel sommeilla quelques heures, puis, le soir venu, redescendit sur les quais, un bandage autour du front. Sara l'attendait. Finn, qui rôdait sur le port, s'approcha timidement des jeunes gens.

—Ça va ? s'enquit le mousse.

—Oui, répondit laconiquement Miguel, sans autre allusion à sa défaite.

—Où est ta maîtresse ? demanda Finn.

—Elle danse avec les nobles de Bahia, devant l'église des Franciscains, répondit Miguel.

Il hocha lentement la tête et murmura :
— Je veux la voir.
— À quoi bon ? soupira Sara.
Miguel serra les poings.
— Je lui ai offert mes victoires, et ma défaite ! Maintenant, je dois la voir !
Il prit Sara par la main et l'entraîna avec lui. Finn, toujours sous le charme de l'adolescente, trottait derrière eux comme un chiot à poils roux.

Une demi-douzaine d'orchestres se déchaînaient sur les quais. Les cloches des églises, des chapelles, des couvents carillonnaient aux quatre vents. Des banjos, des guitares, mais surtout des tambours de toute sorte, brésiliens, caraïbes ou africains, mêlaient leurs rythmes par-dessus les toits en l'honneur des dieux du vaudou, Ogoun Ferraille le guerrier ou Jemanja, la Dame des Eaux.

Un harpiste arrivé la veille du Paraguay, un Indien aux joues creuses, aux mains décharnées, enveloppé dans un poncho d'un rouge éteint, jouait si bien que des violonistes venus de France l'écoutaient avec respect. Finn le considérait avec curiosité : la harpe était l'instrument national de l'Irlande.

—Tu l'ignorais ? lui demanda Miguel. Les Indiens guaranis jouent de la harpe mieux que n'importe qui au monde, mieux que les bardes du Connemara !

—Tu connais l'Irlande ? s'étonna Finn. Mais tu n'es qu'un...

Il rougit brusquement et se mordit les lèvres sans terminer sa phrase.

—Un esclave, compléta Miguel d'un ton neutre. J'ai pourtant accompagné plusieurs fois mon maître en Europe. Je connais l'Angleterre et l'Irlande, la France, l'Espagne et l'Italie. Je parle sept langues différentes, dont le latin. Je connais par cœur des passages entiers de Dante, de Cervantès ou de François Rabelais.

—De qui ? demanda Finn, qui ne savait ni lire ni écrire.

Miguel sourit avec une pointe d'amertume et déclama d'une voix bien cadencée, dans un anglais étrange, un peu bizarre pour Finn :

—Je lui racontais mon histoire entière depuis les jours de mon enfance... de désastreux hasards, d'accidents pathétiques sur terre et sur mer ; je disais comment j'avais échappé de l'épaisseur d'un cheveu à une mort imminente... comment j'avais été pris par un insolent ennemi et vendu

comme esclave ; comment je m'étais racheté et quelles aventures m'étaient arrivées en voyage…

— C'est drôlement beau ! admit Finn. Qu'est-ce que c'est ?

— C'est dans *Othello*, une pièce de Shakespeare, le plus grand poète anglais, répondit Miguel. C'est l'histoire de l'amour entre Othello, un général noir, un ancien esclave, et une noble Vénitienne. Le capitaine Mandayville me l'a donnée à lire. Il me l'a expliquée lui-même. J'étais très ignorant, à l'époque, mais le capitaine m'aidait à comprendre les choses.

Miguel haussa les épaules.

— *Othello* finit mal. Mais moi… un jour, ma maîtresse m'affranchira.

— Ça n'arrive presque jamais ! objecta Finn.

— Elle m'affranchira, répéta Miguel.

— Mais…

— Tu parles trop, le coupa Miguel.

Des tonneaux, des caisses et des charrettes vides encadraient la piste improvisée devant l'église Saint-François. Les riches Bahianais et les officiers de la garnison dansaient sous les regards envieux des petites gens. Anne Mandayville était là, au bras du capitaine Garner. Sa robe rouge chatoyait, telle une parure de flammes.

Sara se mordit les lèvres. Miguel fixait sa maîtresse. Il semblait soudain plus vieux, plus lourd, la peau teintée de gris, comme si le vent du large l'empoisonnait.

« Il l'aime ! réalisa Finn. Il est amoureux d'elle ! »

Le jeune mousse se gratta furieusement la tête, comme si une équipe de lutins irlandais sautillaient dans sa tignasse rousse.

« Oh là là… ça se complique, songea-t-il. Sara aime Miguel, Miguel aime cette mademoiselle Anne et Anne… Elle a déjà dansé avec le capitaine Garner, avec don Armando de Tintuval, avec le comte Balboa, avec le consul de France… Ça annonce des ennuis, tout ça ! Des cœurs brisés ! »

Le mousse grimaça.

Sara lui plaisait !

Mais elle aimait Miguel…

Et Miguel aimait Anne Mandayville, qui s'accrochait toujours au bras du capitaine Garner. Elle le questionnait sur sa carrière, ses voyages, sa famille aux États-Unis. Il se prétendait célibataire.

— Oh… c'est bien triste ! Vous devez vous sentir tellement seul, minauda la jeune fille.

— Pas en compagnie d'une aussi belle jeune fille, affirma lourdement le capitaine.

— Vous êtes si galant ! J'espère qu'à bord du *Cordélia* vous m'autoriserez à tenir le gouvernail.

— Je vous le promets ! répliqua le capitaine en la serrant d'un peu trop près.

— Vous m'apprendrez le nom des constellations ? reprit la jeune fille sur le même ton.

— Avec le plus grand plaisir ! affirma Garner qui soufflait comme un phoque.

La musique s'arrêta un instant. Anne s'écarta de son cavalier. Son regard croisa celui de Sara, teinté de dégoût, d'amusement et d'exaspération. Finn fronça les sourcils.

« Bizarre… pensa-t-il. J'ai l'impression que le voyage du *Cordélia* sera moins calme que prévu. »

Bahia ne dormait toujours pas. Les Français, attablés autour de longs tréteaux de bois, partageaient leur repas avec les Anglais et les Hollandais. Les verres de champagne brillaient doucement. Des flacons de grès remplis de genièvre et de lourdes chopes de bière passaient de main en main. Le rhum et la cachaça, l'alcool de canne, coulaient à flots. Le harpiste indien somnolait, accroupi contre un mur lépreux. Une dizaine d'Africains, esclaves ou affranchis, frappaient encore sur leurs tambours. Le rythme sourd du candomblé, la religion des Noirs de Bahia, proche du vaudou, hantait les places sombres, les quais mouillés, les cloîtres bleu et or des couvents. De temps en temps, un homme ou une femme entrait en transe : un des dieux du candomblé, un orisha, le possédait. Jemanja, la Dame des Eaux, protégeait les marins, mais Shango, le dieu du tonnerre, pouvait les détruire…

Finn s'éloigna prudemment. Il ne croyait pas au candomblé, mais il se méfiait quand même. D'ailleurs… il y croyait un peu, à tout hasard. On ne sait jamais… Ossane, le seigneur des herbes et des plantes, était peut-être le cousin de Merlin l'Enchanteur qui mijotait ses potions dans la forêt de Brocéliande…

Le mousse aperçut Zé-le-Feu appuyé à un bananier. Il dégustait un beignet brûlant et arborait un anneau d'or à l'oreille, probablement une récompense accordée par son maître. Il aperçut Miguel et s'approcha de lui.

—Sans rancune ? demanda-t-il.

—Non ! Tu étais le meilleur, admit Miguel.

Les jeunes gens se serrèrent gravement la main.

« Ils ne se reverront jamais, songea Finn. Dommage ! Ils seraient peut-être devenus amis. L'esclavage gâche des tas de choses. J'espère que Zé pourra aider son frère, et gagner sa liberté. »

La musique se tut vers minuit. Les riches Bahianais regagnèrent leurs palais. Le capitaine Garner offrit galamment son bras à Anne Mandayville pour la reconduire sur le *Cordélia*.

Sara, Finn et Miguel se retrouvèrent seuls dans les rues désertes. Miguel marchait d'un pas rapide, sans hésiter aux carrefours.

— Où vas-tu ? s'enquit Finn.

— C'est mon affaire, grogna Miguel.

— Tu es déjà venu ? lui demanda Finn.

— Oui, répondit laconiquement le jeune Africain.

Finn ouvrit la bouche pour d'autres questions, mais il se ravisa. Ses compagnons risquaient de le chasser.

Dans le port, les frégates évoquaient de beaux jouets d'enfant, les barques des pêcheurs de simples bouchons multicolores. La lanterne de Finn éclairait parfois une façade d'un jaune acide, d'un vert d'étang ou du bleu magique de Bahia, intense et profond, liquide et lumineux, pareil aux mosaïques des couvents, aux vagues de

Jemanja… Finn frissonna. L'obscurité, les ombres embusquées dans les ruelles, Ogoun, le seigneur de la guerre, rôdait peut-être tout près de là…

Le garçon se demanda brusquement si les déesses du candomblé mijotaient parfois des philtres d'amour, comme la sorcière dans l'histoire de Tristan et Iseult. Il en donnerait volontiers à Sara, pour qu'elle oublie Miguel, et qu'elle l'aime !

—À quoi penses-tu ? lui demanda brusquement la jeune fille, comme si elle devinait ses pensées.

—À rien, mentit Finn.

—Tu lui plais, Sara ! Si je n'étais pas là, il essaierait de t'embrasser, affirma calmement Miguel.

Incroyable ! Lui aussi lisait dans ses pensées ! Finn se tut, interloqué. Il n'avait jamais rencontré un esclave aussi perspicace ni aussi hardi ! Il se demanda pour la centième fois quels liens unissaient exactement Miguel et Anne Mandayville. Lui l'aimait, c'était sûr. Mais elle ? On racontait que certaines Créoles séduisaient leurs propres esclaves. Les plus heureux gagnaient ainsi leur liberté mais d'autres, devenus gênants, retrouvaient l'enfer des plantations. Un sort semblable guettait-il l'adolescent ?

Les jeunes gens s'engagèrent dans une ruelle particulièrement sinistre. La lanterne de Finn éclaira une plaque de fer représentant un chat noir affublé d'une couronne dorée : l'enseigne d'une auberge misérable d'où s'échappaient des cris et des rires assez inquiétants. Finn, tout tremblant, se voyait déjà assommé, éventré par des ivrognes patibulaires. Heureusement, Miguel n'entra pas. Il s'immobilisa devant la porte vermoulue et attendit.

—Et alors ? lui demanda Finn.

—J'ai rendez-vous, répondit le jeune Noir.

—Un rendez-vous ? répéta Finn en écarquillant les yeux. Ici ? Maintenant ? Avec qui, au nom du ciel ?

Miguel ne se donna pas la peine de répondre. Finn voulut l'interroger, mais Sara lui posa la main sur le bras.

—Tais-toi, chuchota-t-elle. C'est important.

Une silhouette se matérialisa sous le halo de la lanterne et Finn, ébahi, reconnu le harpiste guarani qu'il avait remarqué quelques heures plus tôt. Le vieil Indien posa un regard méfiant sur Finn, puis sur Sara, et tendit enfin une lettre pliée en deux à Miguel. Le jeune Noir la lut rapidement et déclara :

—C'est bien.

—Paie-moi, exigea le harpiste.

Miguel tira de son épaisse ceinture de coton une bourse de cuir. Le harpiste s'en empara, compta la somme. Finn écarquilla les yeux. Il y avait là assez d'argent pour financer son voyage de retour en Irlande, plus une ferme, des troupeaux et des champs !

L'Indien empocha la bourse, puis tendit de nouveau la main.

—Quoi encore ? demanda Miguel.

—Ce n'est pas assez.

—C'était le prix convenu, protesta Miguel.

—Je m'en fiche, répliqua l'autre. Il me faut encore le double, sinon...

Il se tassa sur lui-même et plongea la main sous son poncho. Finn entrevit l'éclat d'un couteau. Pour la première fois de sa vie, l'orphelin domina sa peur, s'interposant entre le harpiste et Sara ! Mais un autre homme sortit de l'auberge, apparemment un ancien soldat espagnol. Son uniforme sang et or, déchiré, maculé de poussière trahissait sa déchéance. Il portait des sandales boueuses au lieu de bottes, et un pistolet à la main.

—Du calme, gamin, ricana-t-il. Laisse faire le camarade et tu reverras ton navire. Sinon...

Miguel réagit incroyablement vite. Deux pistolets se matérialisèrent dans ses mains et il tira ! Le harpiste et le soldat tombèrent, l'un face contre terre, l'autre sur le dos, sans avoir utilisé leurs armes. Finn regarda Miguel avec stupeur. Un esclave capable de parler six ou sept langues, de citer les plus grands poètes d'Europe, de vaincre quatre adversaires successifs à la capoeira… et d'abattre deux hommes avec un sang-froid terrifiant. Mais Sara ne broncha pas. Le mousse se souvint brusquement de la façon dont elle examinait ses propres armes, à bord du *Cordélia*.

L'adolescente jeta un coup d'œil inquiet à la porte de l'auberge. Apparemment les joyeuses vociférations des ivrognes, à l'intérieur, avaient couvert le bruit des détonations.

— Retournons vite à bord ! ordonna-t-elle d'une voix dure. Inutile d'attendre d'autres ennuis.

Finn la suivit sans protester. Sara l'effrayait un peu, maintenant…

4. L'Œil de Glace

Le *Cordélia* ne leva l'ancre que deux jours plus tard, mais le drame du *Chat Couronné* n'entraîna apparemment aucune conséquence. Les soldats de Bahia se moquaient des morts des bas quartiers. Mais le mousse, lui, fit des cauchemars plusieurs nuits de suite. Le déserteur et l'Indien se relevaient, pareils à des zombis. Ils le poursuivaient dans des ruelles gluantes de sang. La harpe du mort gémissait, pleurait, grinçait, hurlait… Le chat noir de l'enseigne lui déchirait le visage à coups de griffes. Le garçon n'osait plus s'endormir.

« Il faut quitter Bahia ! se répétait-il en se retournant cent fois de suite dans son hamac. Ça ira mieux en pleine mer. »

Le matin du départ, Finn, debout à la proue, respira donc à fond l'air du large et sourit jusqu'aux oreilles. C'était un des moments qu'il préférait : les voiles gonflées, le vent mouillé sur son visage… Il contempla une dernière fois le rivage. La ville s'éloignait. Des singes gris, roux, bruns ou noirs cabriolaient dans les arbres, un zébu au dos grotesque mais aux cornes magnifiques, pareilles à des lunes de bronze, ruminait paisiblement. Des gamins nageaient entre les barques des pêcheurs. Finn les salua de la main avec, déjà, une pointe de nostalgie. À bord, l'eau était précieuse : il ne se baignerait plus avant New York. Le garçon hocha la tête et se dirigea vers la cambuse. Son travail commençait.

Les heures suivantes, le mousse lava le pont, arpenta la voilure, courut de la proue à la poupe et de bâbord à tribord pour transmettre les ordres des officiers, aida le cuisinier à peler les patates et à découper la viande séchée. Les taloches pleuvaient, les gifles tombaient comme des grêlons. La vie du mousse, quoi !

Pendant son temps libre, Finn cherchait tous les prétextes possibles pour rendre service à Anne Mandayville… afin d'approcher Sara.

Il l'aimait sans même savoir pourquoi ! Dès le premier jour, Anne et Sara l'avaient impressionné. Maîtresse et servante, blonde et noire, l'une vêtue de soie lumineuse, l'autre de coton délavé… Anne évoquait la reine Guenièvre, la femme du roi Arthur, et Sara, Morgane, la magicienne aux terribles pouvoirs. Belles, séduisantes, inquiétantes… Elles l'effrayaient, le fascinaient, l'éblouissaient. Il rêvait d'elles pour oublier sa fatigue, la grisaille de son existence. Mais dans la vraie vie…

Impossible d'aimer Anne Mandayville trop noble et trop riche, ni Sara, la servante noire, puisqu'il était blanc. Il l'aimait pourtant, sans raison, sans remède. Il n'avait jamais rencontré de fille pareille !

— Tu n'as vraiment rien d'autre à faire ? lui demanda-t-elle alors qu'il rôdait autour d'elle. Va cirer les bottes de ton capitaine, tu n'es bon qu'à ça !

Finn, humilié, s'empourpra jusqu'aux oreilles.

— Et toi, va repeigner ta maîtresse. Elle passe sûrement sa vie devant son miroir ! Je me demande d'ailleurs bien pourquoi, vous êtes aussi moches l'une que l'autre. Elle ressemble à un fromage blanc et toi à un masque de suie ! explosa-t-il.

Sara, furieuse, répliqua sans réfléchir.

— Ce n'est pas ma maîtresse. C'est ma sœur !

—Quoi ? bredouilla le mousse.

L'adolescente se mordit les lèvres, furieuse d'avoir trop parlé.

—Ma demi-sœur, rectifia-t-elle de mauvaise grâce. Mon père... notre père a affranchi ma mère avant ma naissance. Je n'ai jamais été esclave.

—Et Miguel ?

—Lui si, soupira-t-elle.

Son visage s'assombrit. Finn suivit son regard et aperçut Anne Mandayville et le capitaine. Ils déambulaient sur le pont à vingt pas de là. Garner caressait avec insistance l'épaule de la jeune Créole.

—Cachons-nous, ordonna Sara en entraînant son compagnon derrière un tas de cordage.

—Dis donc... souffla Finn. Elle est drôlement mordue, ta maîtresse.

Sara grimaça, mal à l'aise. Elle fixait un point derrière le mousse. Finn se retourna : Miguel, accroupi sous le grand mât, guettait le couple.

« Il est jaloux », comprit le mousse avec inquiétude. Il revoyait les deux cadavres, à Bahia. Miguel était capable de tout...

Cette nuit-là, Finn assurait le quart, seul sur le pont. La pleine lune argentait l'écume, des poissons volants filaient sur les vagues. Finn se sentit brusquement très heureux, sans savoir pourquoi. Sa vie changerait bientôt ! Les lutins pensaient sûrement à lui, là-bas, sous les chênes d'Irlande. La Dame du Lac parlerait à Jemanja, par-delà les mers. Elles l'aideraient. Elles convaincraient Sara. La jeune fille l'aimerait bientôt, très bientôt !

Le garçon sourit aux anges... puis se rembrunit. Le capitaine et Anne Mandayville se promenaient de nouveau sur le pont désert, étroitement enlacés.

« Ça y est ! pensa Finn. La grande scène d'amour au clair de lune ! »

Il retint son souffle. Miguel était là aussi, pieds nus, un pistolet à la main.

Ça devenait sérieux ! Si Miguel tuait Garner, on le pendrait. Et Finn, témoin de la scène, risquait aussi la corde. Mais le mousse retint un cri de stupeur : Anne Mandayville tira soudain un pistolet de sa ceinture et le pointa fermement sur Garner.

—Ne bougez plus capitaine, chuchota-t-elle. Un seul mot et je vous abats.

Garner se figea. Miguel lui appliqua à son tour le canon de son arme dans le cou. Finn n'en revenait pas ! Un esclave, un Noir, menacer un Blanc !

— Que voulez-vous ? bredouilla Garner.

— La clé pendue à votre cou, répondit Anne.

— Mais…

Miguel appuya plus fort. Anne Mandayville fouilla sous l'habit de Garner et attrapa une petite clé de cuivre.

« Oh là là ! Je n'y comprends rien, gémit intérieurement Finn. Aïe ! Elle m'a vu ! »

En effet, les yeux bleus de la jeune fille le fixaient durement.

— Approche, ordonna-t-elle.

Finn, fasciné, obéit docilement. Au même instant, Sara, armée elle aussi, rejoignit le petit groupe. Elle fronça les sourcils en voyant Finn.

— Tout le monde dort, sauf le capitaine qui dînait avec vous… et ce stupide rouquin ! lança-t-elle. Tu n'as pas mangé de soupe ce soir ?

— Ben non… Le cuisinier m'a puni, répondit le mousse d'un ton piteux. J'ai laissé tomber sa plus belle casserole à la mer.

— Il n'a pas absorbé le narcotique que tu avais versé dans la soupe. Tu aurais dû te méfier de lui, reprocha Anne Mandayville à sa servante.

Sara foudroya Finn du regard. Il aurait voulu disparaître dans un trou de souris !

— Tu nous espionnais ? lui reprocha brusquement Anne Mandayville.

—Non non ! bafouilla le malheureux mousse. Je vous… heu… je vous admirais de loin !

Miguel leva les yeux au ciel. Sara, amusée, lâcha un petit rire.

—Tu connais la cabine du capitaine ? demanda la jeune Créole sans s'émouvoir.

—Ben oui… répondit Finn. Je range, je lave par terre…

—Parfait. Et son coffre ?

—Lequel ? demanda timidement le mousse.

—La malle qu'il a achetée à Maracaïbo l'an dernier.

—Oui mademoiselle, répondit le garçon stupéfait.

D'où diable la jeune fille tenait-elle ces renseignements ?

—Il n'y garde rien de spécial, s'empressa-t-il d'ajouter. Le livre de bord et quelques lettres, c'est tout.

—Rien… répéta la jeune Créole avec un sourire narquois, sauf un petit sac de cuir jaune. Trouve-le et apporte-le-moi sans l'ouvrir.

Finn hocha la tête et fila sans oser regarder Garner.

Les coursives du navire étaient pratiquement désertes. Anne Mandayville et ses compagnons avaient soigneusement préparé leur coup. Les membres de l'équipage dormaient effectivement à poings fermés.

Finn aimait bien la cabine du capitaine. Des boiseries, un lit recouvert d'une couverture bariolée, un bureau, l'armoire où Garner rangeait ses cartes et ses instruments de navigation. Parfois, dans ses rêves les plus fous, Finn commandait le *Cordélia* !

Ces rêves l'aidaient à vivre, à supporter les coups, la faim. Jadis, sur son île, il croyait presque que des lutins aux oreilles pointues lui offriraient le tonneau d'or caché sous l'arc-en-ciel, que la fée Morgane le guiderait vers l'île magique d'Avalon, où dort encore le roi Arthur.

Plus tard, embarqué de force vers l'Amérique, l'orphelin rêva de Cibola ou des mines de Californie, puis des trésors cachés des Caraïbes.

Et maintenant ? Le garçon songeait aux yeux sombres, aux mains fraîches, au visage grave de Sara, et à Anne Mandayville, l'inaccessible. Oui, Finn Mc Cloud devait rêver ou mourir.

Un coup de vent secoua le navire et le garçon revint à la réalité. Il repéra la malle, l'ouvrit, la fouilla et découvrit facilement la bourse de cuir jaune.

« Ne l'ouvre pas », avait ordonné Anne Mandayville.

— Et puis quoi encore ! marmonna Finn. Je patauge dans cette histoire jusqu'au cou, alors…

Il délia fébrilement le cordon de la bourse et en tira… un diamant énorme ! Incroyable ! Les pensées de Finn se bousculaient dans sa tête. Un simple capitaine ne pouvait sûrement pas acheter un joyau pareil. D'ailleurs, d'où Anne Mandayville connaissait-elle son existence ? Finn réalisa… mais un peu tard ! que la noble Créole, sa jolie servante et son esclave taciturne n'étaient que des voleurs, des aventuriers. Ils convoitaient le diamant ! Une bouffée de panique le submergea. Il se voyait déjà accusé de complicité, condamné, pendu sans miséricorde ! Il en tremblait encore en se présentant devant Anne Mandayville.

— Je l'ai, chuchota-t-il.

Le capitaine Garner rongeait son frein ; Miguel le menaçait toujours. Sara scrutait nerveusement la pénombre.

— Tu as regardé, n'est-ce pas ? affirma la belle Créole.

— Ben oui… répondit naïvement le mousse. J'ai pas pu m'en empêcher !

Il leva la main. Le diamant scintilla au clair de lune.

—Je n'ai jamais rien vu d'aussi beau… soupira-t-il.

Il réfléchit encore et rectifia :

—À part vous, mademoiselle !

Sara pouffa involontairement et Anne Mandayville adressa au mousse un regard approbateur. Miguel lui-même sourit, mais Garner serra les poings. Le mousse se mordit les lèvres. Garner ne lui pardonnerait jamais sa plaisanterie, ni d'avoir obéi sans discuter aux ordres des jeunes pirates.

—Donne-moi ça, ordonna Anne Mandayville.

Finn obéit à regret. La jeune aventurière saisit la pierre précieuse et l'examina à son tour.

—C'est bien l'Œil de Glace, déclara-t-elle avec satisfaction. D'après la légende il appartenait jadis aux sultans de Samarcande. Filons ! L'équipage ne dormira pas éternellement.

La jeune Créole entraîna ses compagnons vers l'arrière du navire. Une fois à la poupe, Sara se pencha par-dessus le bastingage et scruta l'obscurité.

—Les voilà ! lança-t-elle.

Une barque tanguait dans l'ombre du *Cordélia*. Finn distingua les silhouettes de trois hommes. Deux d'entre eux maniaient les avirons. Le dernier lança une échelle de corde ;

Miguel l'attrapa au vol et l'accrocha au bastingage.

Anne Mandayville, qui menaçait toujours Garner, lui adressa un salut ironique.

—Merci infiniment, capitaine. J'ai apprécié le confort de votre navire, votre merveilleuse galanterie et même le dévouement de votre mousse.

—Ne me mêlez pas à ça! protesta le pauvre Finn.

—Tu me le paieras! siffla Garner.

—Ça y est, c'est ma faute, gémit le garçon.

Il se tourna vers Anne Mandayville en claquant des dents.

—Emmenez-moi avec vous! Si je reste à bord, je suis fichu!

Anne et Sara échangèrent un sourire indéfinissable. Finn, paniqué, comprit que son sort se jouait là, sur le pont du *Cordélia*. Ces filles tenaient son destin entre leurs mains!

—Qu'en penses-tu? demanda la belle Créole à Sara.

—Pourquoi pas? répondit nonchalamment la jeune servante.

Anne Mandayville dévisagea Finn et décida:

—Viens si tu veux, mais en vitesse, l'équipage ne dormira plus très longtemps. Nous partons!

Finn hésitait encore. Miguel le regardait d'un air furieux, l'air de lui dire : « On n'a pas besoin de toi ! » Le jeune Noir leva la main et frappa Garner de la crosse de son arme. La jalousie qui le dévorait décuplait ses forces : le malheureux s'écroula, la nuque ouverte ! Du sang coulait de sa blessure.

Finn, paniqué, enjamba vivement le bastingage, dévala l'échelle de corde et sauta dans la barque.

5. L'île d'Alegria

L'île d'Alegria avait jadis appartenu à la puissante famille des marquis de Sandoval. Leur héritière épousa un seigneur anglais, un certain John Bernard Mandayville. Ils habitèrent la grande maison blanche bâtie par des esclaves depuis longtemps disparus. De lourdes pierres brunes sculptées par des artisans indiens encadraient les fenêtres. À l'intérieur, de larges galeries de bois surmontaient les patios de mosaïque et les bosquets d'orangers.

John Mandayville perdit sa fortune au jeu et devint un gentilhomme de fortune. D'abord corsaire au service du roi d'Angleterre, il glissa, comme bien d'autres, vers la piraterie pure et simple. Il courait les mers sur son navire, l'*Anaconda*, mais revenait régulièrement sur Alegria, où ses filles l'attendaient : Anne la blonde, la fille d'Anita de Sandoval, et Sara la sombre, l'enfant d'une esclave noire achetée à La Nouvelle-Orléans.

Les deux femmes moururent à quelques semaines d'intervalle. Mandayville éleva alors ses filles à sa guise, Anne presque comme un garçon, et Sara presque comme une Blanche. Sara savait lire, écrire et compter ; elle connaissait le grec et le latin. Anne maniait le gouvernail et tirait au pistolet avec une aisance incroyable. À treize ans, elle suivit son père sur l'*Anaconda* et participa à plusieurs combats. À quinze ans, mademoiselle Anne, comme l'appelait l'équipage, ramena le corps de John Mandayville, tué d'une balle en plein cœur lors d'un abordage au large de Cuba.

Les deux sœurs enterrèrent leur père sous un flamboyant gigantesque, entre la maison blanche et la mer voilée d'écume.

Anne et Sara vécurent seules désormais. Miguel, un adolescent taciturne acheté à Saint-Domingue, les servait en silence.

L'*Anaconda* mouillait dans une crique étroite, à l'est de l'île, mais les marins descendaient rarement à terre. Ils ne pénétraient jamais dans la grande maison. John Mandayville avait établi cette règle pour protéger ses filles et, après sa mort, Anne l'imposa à son tour. Ses hommes la respectaient.

Anne aimait la solitude. Sara et Miguel logeaient seuls sous son toit. Sara occupait une petite chambre sous les combles, mais partageait en partie l'existence de sa demi-sœur. Elle la servait, mais à certains moments elles bavardaient ensemble, assises l'une en face de l'autre. Elles jouaient aux cartes, aux échecs... ou préparaient le plan d'une nouvelle expédition. Miguel, l'esclave, se joignait alors à elles pour donner librement son avis.

Anne, Sara et Miguel changeaient de rôle à chaque instant, tour à tour maîtresse et serviteurs, amis et complices, amoureux et rivaux. Anne et Sara riaient comme des folles en trichant aux cartes et, pourtant, Finn avait entendu Sara crier sa haine sur le port de Bahia. Miguel balayait humblement la chambre de sa maîtresse. Il la peignait, elle se laissait faire, mais une heure plus tard ils partageaient la même serviette après une baignade improvisée sur la plage.

Finn ne les comprenait vraiment pas ! Peut-être ne se comprenaient-ils pas eux-mêmes ?

Leurs races les emprisonnaient, les empoisonnaient. Ils ne s'avouaient pas leurs véritables sentiments. Sara frôlait Miguel à chaque instant, mais il l'ignorait. Il s'étendait sous un jacaranda, un livre à la main, contemplant Anne Mandayville qui marchait sur le rivage.

Finn avait ouvert de grands yeux en découvrant les merveilles d'Alegria : les meubles de bois sculpté, l'argenterie étincelante et les fleurs dans les vases de Bohême. La paix enveloppait les arbres, les longues plages de sable. Finn pensait parfois qu'Alegria était une sorte de paradis, loin des hommes et des races, comme Avalon, le royaume enchanté de Morgane. Hélas, Anne Mandayville, Sara et Miguel ne s'en rendaient pas compte.

L'orphelin dormait dans un coin des écuries avec Midas, le vieil âne d'Alegria. Certains jours, à l'aube, Midas brayait avec tant d'enthousiasme que les mouettes, les colibris ou les perroquets sauvages s'enfuyaient à tire-d'aile.

Finn partageait volontiers l'écurie du vieux bourricot, mais il s'ennuyait un peu. Sara et Anne lui parlaient rarement. Mais au moins, elles ne l'avaient pas abandonné sur l'*Anaconda* avec les autres forbans.

Miguel lui rendait parfois visite, renonçant peu à peu à sa réserve. Les garçons nageaient ou pêchaient librement. Les poissons multicolores des Caraïbes ne ressemblaient guère aux saumons d'Irlande mais Finn s'en contentait.

Miguel savait tout faire. Finn apprit à peindre ou à crépir un mur, à frire des bananes (arrosées de rhum !), à moudre le café destiné aux deux sœurs, à sculpter des visages, des flûtes ou des maquettes de bateaux dans des morceaux de bois. Ils passaient de bons moments ensemble. Finn racontait au jeune Africain sa vie en Irlande, la faim, les coups, les humiliations subies après la mort de ses parents. Miguel, lui, n'évoquait jamais son passé.

Un jour, l'ancien mousse demanda timidement à son camarade :

—Dis… pourrais-tu m'apprendre à écrire ?

—Pourquoi ?

—Heu… je crois que Sara me trouve complètement idiot, avoua l'orphelin.

—Et dans quelle langue ? s'enquit calmement Miguel.

—Ben… en anglais pour commencer, répondit humblement Finn. Et aussi à compter !

Miguel accepta avec son laconisme habituel. Le jour suivant, il fournit à son « élève » une petite table de bois, une chaise, des plumes, de l'encre et des livres qui impressionnèrent infiniment le jeune Irlandais. Le monde entier, ses navires, ses pays, ses légendes et ses trésors tenaient entre leurs pages.

Les leçons se déroulaient sur une véranda ensoleillée, derrière la maison. Sara y assistait parfois, corrigeant les fautes du pauvre Finn avec tant d'ironie qu'il aurait voulu rentrer sous terre. Le malheureux mousse suait à grosses gouttes. C'était plus dur que de balayer trois bateaux à la file ! Mais la leçon terminée, Miguel fermait les yeux et récitait des vers.

« J'ai souffert beaucoup et longtemps. Tes perfidies ont lassé ma patience. Sors de mon cœur tourmenté, amour humiliant. Oui, je me suis désormais affranchi, j'ai rompu mes chaînes et ce que j'ai supporté sans rougir, je rougis de l'avoir supporté… »

—Ce poète s'appelait Ovide, expliquait Miguel à Finn. Il vivait au début de l'Empire romain.

L'adolescent passait sans transition de l'espagnol à l'anglais ou au français.

« L'amant est une bête, et bête est qui s'empêtre
Dans les liens d'amour : sa peine est plus cruelle

Que s'il tournait là-bas une roue continuelle
Ou s'il baillait son cœur aux vautours à repaître…»

—Je ne comprends pas, protestait Finn.

—C'est de Pierre de Ronsard. Le dernier vers signifie qu'il vaut mieux jeter son cœur aux vautours qu'à une fille, expliqua encore Miguel de sa voix lente.

Il contemplait la fenêtre d'Anne Mandayville. Finn savait qu'il parlait pour elle.

Sara lâcha un rire désabusé. Le jeune Noir roulait machinalement la plume de Finn entre ses doigts.

—Ces poètes parlent d'amour, et de souffrance, et de larmes, car l'amour est triste.

—Mais il est beau non ? demanda naïvement Finn en regardant Sara droit dans les yeux.

—Il est triste, répéta lentement Miguel.

—TOI, tu choisis des histoires tristes ! protesta Finn. Si j'étais aussi savant que toi, MES histoires d'amour finiraient bien ! Mais toi, toi…

Il secoua sa tignasse rousse pour s'éclaircir les idées.

—Tu compares l'amour et l'esclavage parce que…

Il rougit et se tut. Miguel serra le poing ; la plume se brisa net.

—Tu parles trop, remarqua-t-il sèchement.

—Je trouve même qu'il pense trop ! plaisanta Sara pour détendre l'atmosphère.

Finn comprenait mal Miguel. En Amérique les planteurs anglais, français, portugais ou espagnols infligeaient des châtiments épouvantables aux esclaves révoltés, mais sur Alegria n'existaient ni chaînes ni carcans ni gibets. Pourtant l'adolescent obéissait aveuglément à Anne Mandayville.

—Le pauvre ! Il est de plus en plus amoureux, expliquait-il à Midas en brossant le vieil âne, mais mademoiselle Anne le rejettera toujours.

C'était le destin, le sort commun des pauvres ou des faibles. En Irlande les seigneurs anglais écrasaient leurs fermiers. Sur les navires, les officiers fouettaient les matelots à la moindre incartade et sur les plantations du Nouveau Monde les esclaves mouraient pour la canne à sucre et le tabac. Noirs et Blancs, riches ou pauvres, maîtres contre esclaves… Le monde ressemblait à l'enfer. Et même ici, au paradis d'Alegria, Anne Mandayville, la maîtresse de l'île, empoisonnait son propre domaine à cause de son orgueil et de son avidité. Finn se sentait toujours mal à l'aise en sa présence, sans vraiment comprendre pourquoi…

—La couleur de leur peau ne changera pas ! répétait-il à son âne.

Midas remuait gravement sa grosse tête, l'air d'un sage au poil grisonnant. Finn redoutait vaguement le jour où l'âne lui demanderait, entre deux rations d'avoine :

—Et toi alors ? Tu es amoureux de Sara, non ? Pourtant tu es blanc. Allez, avoue que tu l'aimes !

— Finn aime Sara qui aime Miguel qui aime Anne qui n'aime personne… résumait-il en chatouillant le museau de Midas.

—Hi han ? demanda l'âne.

—C'est comme ça, soupira le garçon en lui donnant une carotte. On est tous coincés par l'amour. On n'en sortira jamais !

6. L'Étoile de Saint-Marc

Un matin, Anne Mandayville convoqua Finn dans l'ancien bureau de son père. Le jeune Irlandais contempla avec curiosité les armoires vitrées bourrées de livres, les cartes et les portraits accrochés aux murs. Un tapis d'Orient couvrait le sol, deux chandeliers en or massif éclairaient les bijoux posés sur le bureau. Finn reconnut l'Œil de Glace scintillant de mille feux. Anne Mandayville caressait un collier de perles aux reflets roses et gris, douces comme les doigts des fées, des statuettes mayas mêlant l'or et l'obsidienne, des bagues serties de rubis, de grenats, d'escarboucles.

Finn resta debout, les bras ballants. Ses yeux verts clignotaient d'émerveillement. Lui qui rêvait tant aux trésors des Caraïbes...

Seulement... l'attitude d'Anne Mandayville lui déplaisait. Elle caressait ses bijoux avec trop de plaisir, de convoitise satisfaite. C'était bizarre, et même malsain...

—Tu habites Alegria depuis deux mois, déclara Anne Mandayville sans remarquer son trouble.

—Oui mademoiselle, répondit le garçon en dansant nerveusement d'un pied sur l'autre.

—Tu connais mon secret. Tu connais cet endroit. Et tu prétends qu'on peut te faire confiance.

—Oui mademoiselle, répéta l'ancien mousse d'une toute petite voix.

—Je crois que Sara et Miguel t'apprécient, continua Anne Mandayville.

Le garçon sourit jusqu'aux oreilles !

—Tu sais qui je suis, n'est-ce pas ?

—Oh oui ! Une... heu...

—Disons une aventurière, suggéra la jeune fille. Je paie des indicateurs dans toutes les Caraïbes. L'un d'entre eux m'a mis sur la piste de l'Œil de Glace. Garner devait le rapporter en secret à un riche armateur de Boston.

La jeune fille lâcha un rire sarcastique.

—J'utilise la vanité des hommes. Ils me croient prête à tomber dans leurs bras, comme ton capitaine Garner, et j'en profite. Je les séduis et je les dépouille sans violence... si possible.

—Et les morts du *Chat Couronné* à Bahia? protesta Finn.

—Ils n'ont pas respecté les règles du jeu, répondit Anne Mandayville. Ils devaient fournir à Miguel des indications sur un bijou qui m'intéresse, mais ils lui ont tendu une embuscade. Il n'avait pas le choix.

—Il est capable de tout! frissonna Finn.

—Miguel... a ses raisons, répondit doucement la jeune fille. Sa violence vient de son passé. Mais je lui confierais ma vie les yeux fermés. Ma vie... et la tienne.

—La mienne? répéta Finn déjà inquiet.

—Je pars dans deux jours pour Maracaïbo, au Venezuela. Tu m'accompagnes.

—Encore un vol? risqua Finn.

—Oui, répondit sèchement la jeune fille. Je t'indiquerai ton rôle plus tard. D'accord?

—Oui, oui, mademoiselle, répondit docilement Finn.

—Très bien. D'ailleurs tu n'as pas le choix, conclut Anne Mandayville avec un sourire narquois.

Elle recommença à caresser ses bijoux. Finn, de nouveau mal à l'aise, quitta la pièce sur la pointe des pieds. Une drôle de pensée occupait son esprit :

« Si mademoiselle Anne regardait Miguel au lieu de ses pierres précieuses, tout irait mieux sur Alegria. On serait tous moins nerveux… et plus heureux. Je ne veux pas risquer ma peau pour des diamants, moi ! On ferait mieux de s'aimer les uns les autres, comme dans les belles histoires. Et au diable les bijoux ! »

Une semaine plus tard, à Maracaïbo, Finn Mc Cloud maudissait plus que jamais perles et diamants, trésors et bijoux. Cette fois, Anne Mandayville jouait le rôle d'une jeune fille venue d'Europe en quête de bonne fortune, Finn et Miguel les domestiques de grande maison. Finn portait une livrée bleue et rouge qui l'étranglait, des souliers à boucle d'argent qui lui broyaient les orteils ! Miguel, méconnaissable sous une perruque poudrée, semblait surgi d'un vieux tableau.

Anne Mandayville dépensait sans compter. Elle loua le plus bel appartement de la meilleure auberge de Maracaïbo. Ensuite, elle attendit. Un des capitaines de la garnison la remarqua.

Il tortilla farouchement sa moustache et parla d'elle à tout son régiment. Le lendemain, un colonel à favoris se présenta à la belle voyageuse et lui offrit un bouquet de roses. La semaine suivante, trois jeunes nobles se disputèrent l'honneur de l'accompagner au bal du marquis de Castro. Anne Mandayville y valsa avec de riches négociants et des officiers à rubans bleus. À 9 heures du soir, elle charmait le neveu de l'archevêque. À 10 heures, elle séduisait le chevalier de Baena. À 11 heures, elle éblouissait le marquis en personne.

À minuit, Silvio Alfieri, le très séduisant consul de Venise, lui promettait le soleil et la lune en échange d'un simple baiser. Anne Mandayville le flatta, le complimenta, se serra contre lui…

À minuit et demi, Anne Mandayville et ses deux serviteurs quittèrent discrètement le palais, montèrent à cheval et galopèrent vers le port. La jeune fille emportait un rubis prodigieux enchâssé dans un cercle d'argent. L'Étoile de Saint-Marc, un bijou légendaire, appartenait aux Alfieri de Venise depuis des siècles. Anne Mandayville l'avait subtilisée au consul en l'embrassant…

Les jeunes gens gagnèrent un refuge préparé à l'avance, une cabane branlante construite entre deux blocs de rochers, face à l'océan. Miguel resta dehors pour s'occuper des chevaux. Finn parcourut d'un regard lugubre le mobilier : une table bancale, quatre tabourets et une paillasse jetée sur le sol.

Anne Mandayville s'assit sur un des tabourets et contempla avidement l'Étoile de Saint-Marc. Finn l'observait en fronçant les sourcils. Toujours les bijoux...

—Qu'y a-t-il ? lui demanda-t-elle en remarquant son expression.

—Rien, rien, mademoiselle, affirma-t-il.

—Tu prenais tous les pirates pour des brutes à jambe de bois ? Un verre de rhum à la main et un couteau entre les dents ? plaisanta-t-elle. Je suis très différente.

—C'est vrai, admit Finn. Mais...

—Quoi donc ? demanda-t-elle d'un ton hautain.

Le garçon tendit la main vers l'Étoile.

—Ce rubis, et l'Œil de Glace, les joyaux de l'autre jour...

Miguel pénétra dans la cabane. L'ancien mousse hésita, cherchant ses mots. Il n'avait pas l'habitude des grandes phrases, mais cette cabane sinistre et le regard avide d'Anne Mandayville l'effrayaient. La peur le poussait à parler...

—Je sais que je suis trop bavard. Sara et Miguel me le répètent tout le temps. Mais... vous aimez trop les bijoux, mademoiselle ! dit-il enfin. Vous ne les volez pas seulement pour l'argent. Vous les regardez d'une façon... bizarre. Ils vous ensorcellent !

Le rouquin s'interrompit, comme s'il entendait le vent sauvage et les harpes dorées de son pays.

—Il y a des légendes comme ça en Irlande, continua-t-il. Des pêcheurs s'enfoncent sous terre à la recherche de l'or des fées, mais ils se perdent et ils ne revoient jamais la surface. Ce sera pareil pour vous, mademoiselle. Ces bijoux vous dessèchent le cœur !

—Comment oses-tu dire ça ! gronda Miguel.

—Ces bijoux ne valent rien comparés à un fiancé, ou à une sœur ! insista Finn en perdant toute prudence. Ta demoiselle sacrifierait n'importe qui à ses diamants.

Miguel se figea. Anne Mandayville blêmit mais le mousse ne pouvait plus s'arrêter. Il devait parler !

Anne Mandayville le foudroya du regard, serrant toujours l'Étoile de Saint-Marc dans son poing.

—Je n'ai ni sœur ni fiancé, martela-t-elle durement.

Miguel baissa la tête. Finn soupira. Au même instant, un cri s'éleva au-dehors.

—Sortez de là avec le rubis ou nous mettrons le feu à cette cabane !

Finn sursauta, jetant autour de lui des regards affolés. Anne se leva vivement. Miguel levait déjà son arme. Finn se tourna instinctivement vers la porte.

—Attention ! cria Miguel.

Le coup de feu déchira la nuit, traversa la fenêtre et frappa Finn en pleine poitrine. Il tomba sur le dos, les bras en croix.

Le cri des mouettes, le froid du vent…

—J'ai mal… j'ai soif…

Le monde et la mer bougeaient, dansaient, tournoyaient, comme si Lîr, le dieu de l'océan, les secouaient dans tous les sens.

—Je vais mourir ?

Finn gisait sur le dos, au fond d'une barque malmenée par les flots. Miguel ramait dans la nuit.

Finn voulut se redresser. Anne Mandayville l'immobilisa doucement.

—Reste tranquille.

—Que… s'est-il passé ?

— Tu as reçu une balle dans la poitrine.

— Qui… qui m'a tiré dessus ?

— Je l'ignore, soupira Anne Mandayville. Des soldats, ou les domestiques du consul, ou quelqu'un d'autre. Bien des gens convoitaient l'Étoile de Saint-Marc. Ils nous poursuivaient… On s'en est sortis de justesse ! Miguel t'a porté jusqu'à la barque en profitant de l'obscurité.

Elle se mordit les lèvres et murmura :

— Tu avais peut-être raison. Ces bijoux sont dangereux…

Elle posa les mains sur le front de Finn.

— Comment va-t-il ? lança Miguel sans se retourner.

— Il a de la fièvre.

L'ancien mousse ferma les yeux. Sa blessure le brûlait, l'élançait.

— C'est drôle, murmura-t-il. J'ai toujours eu peur de tout, et maintenant que je vais mourir je me sens presque tranquille…

— Tu ne mourras pas, assura Anne Mandayville.

— J'espère que non, sourit faiblement le garçon. Mais si je meurs quand même, je suis content d'être avec vous. J'aime Sara mais… le premier jour, à Bahia, je vous regardais comme… une étoile ! Mais vous aimez Miguel… je le sais, et vous aussi !

—Tais-toi ! souffla la jeune fille.

La barque tangua brutalement ; Miguel avait lâché ses avirons. Il se reprit et recommença à ramer. Le silence enveloppa les fugitifs.

La barque rejoignit l'*Anaconda* au moment même où Finn perdait connaissance. Il n'entendit ni les ordres d'Anne Mandayville ni les appels des matelots. Lorsqu'il rouvrit les yeux, il se trouvait bien au chaud, dans un lit, la poitrine bandée, comme un voyageur accueilli au pays des fées.

—Tu te sens mieux ?

Finn cligna des yeux. Miguel, pour une fois souriant, lui tendait un verre d'eau.

—Je n'ai pas soif…

—Fais un effort. Mademoiselle Anne dit que tu dois beaucoup boire. Je nettoierai bientôt ta blessure.

—Je suis fatigué… protesta Finn.

—Nous serons à Alegria dans trois jours, assura Miguel. Tu te reposeras là-bas.

—Et les gens de Maracaïbo ?

—Ils ont perdu notre trace. Mais tu peux être fier de toi. Ta première blessure ! Te voilà devenu un vrai pirate !

— Ah oui ? Ben, je m'en serais bien passé, répondit naïvement Finn.

Miguel sourit encore, puis son visage redevint grave. Il se pencha sur le jeune rouquin, ses yeux sombres voilés par une profonde souffrance.

— Tu as beaucoup parlé dans la cabane, et sur la barque, murmura Miguel. Tu aimes Sara…

— Oui !

— Et tu prétends… que mademoiselle Anne m'aime, moi ! Malgré ces maudits bijoux… et sa race !!!

— Je le crois, répondit Finn aussi fermement que possible.

Miguel se tut un long moment, puis murmura :

— Tu n'es blessé que depuis hier. Moi je souffre depuis que le capitaine Mandayville m'a acheté. Ma blessure reste ouverte !

Finn voulut répondre, mais Miguel lui posa doucement la main sur les lèvres.

— Tais-toi. Nous reparlerons sur Alegria… si j'en trouve le courage.

Le jeune esclave secoua la tête et quitta la cabine sans se retourner. Finn ferma les yeux et se rendormit.

7. Le secret de Miguel

Les flamboyants d'Alegria jonchaient de fleurs les sentiers côtiers qui longeaient les plages. Les orangers, les citronniers embaumaient les patios.

Anne Mandayville installa Finn dans une des chambres de la grande maison. Sa fenêtre donnait sur les jardins parfumés. Des perroquets au bec jaune vif tapaient du bec contre ses volets.

— Tu guériras vite ! affirma Sara le jour de son installation. Elle s'activait déjà dans la pièce, les bras chargés de linge propre.

— Ah oui ? Tu es médecin ? maugréa l'ancien mousse.

—Ne fais pas le malin ! répliqua sévèrement Sara. Tu as de la chance qu'Anne te traite comme ça. Moi, je te renverrais à l'instant coucher avec Midas.

Elle tourna autour du lit, défroissa les draps et continua d'une voix féroce :

—Miguel raconte que tu dis n'importe quoi.

—Mais...

—Tu te mêles de ce qui ne te regarde pas. Tu parles d'amour à tort et à travers.

—Mais...

—Et de quel droit, espèce d'ahuri ? Et cesse de répéter mais-mais-mais comme un mouton, ça m'énerve !

—De quel droit ? répéta le pauvre Finn en réussissant enfin à placer un mot. Parce que je t'aime. Je t'aime et c'est toi l'ahurie si tu ne le sais pas encore ! Tu cours derrière Anne qui ne pense qu'à ses bijoux, et derrière Miguel qui ne pense qu'à Anne. Mais MOI je ne pense qu'à toi.

Finn se redressa dans son lit et flanqua un bon coup de poing à son oreiller.

—Tu n'as vraiment rien compris ! Je t'aime !

—Mais... protesta faiblement Sara.

—Et tu n'y peux rien ! C'est comme ça !

—Mais...

—Ah ? Tu vois ? Toi aussi, tu bêles comme un mouton, grogna Finn. Tu ferais mieux de me regarder. Je suis beau moi ! Je pense à toi, moi ! J'ai appris à lire et à écrire rien que pour te plaire, moi ! J'ai même pris une balle dans la peau à cause de toi !

Le garçon retomba sur son lit, épuisé. Sara, partagée entre la stupeur et l'attendrissement, le contemplait fixement.

—Tu es sérieux ? demanda-t-elle enfin.

—Et comment ! rugit Finn.

La jeune fille s'assit près du lit et plongea sa tête entre ses mains.

—Tu m'aimes peut-être à Alegria, dit-elle enfin. Mais ailleurs…

Elle posa sa main sur celle du garçon. Sa peau sombre se détachait nettement sur le drap blanc.

—Ailleurs, je suis une ancienne esclave.

—Alors je ne quitterai jamais Alegria, décida Finn. Et toi, tu ferais mieux de réfléchir.

—À quoi ? demanda la jeune fille avec une douceur surprenante.

—À Miguel ! Pourquoi l'aimes-tu, en réalité ?

—C'est comme ça depuis des années, répondit Sara déconcertée. Tu l'as dit toi-même.

Finn la dévisagea longtemps, comme pour lui arracher ses pensées les plus secrètes. Il connaissait, ou croyait connaître, les motivations réelles de la jeune fille.

—Tu l'aimes pour un tas d'autres raisons, déclara-t-il, et d'abord parce qu'il n'y a pas d'autre garçon sur l'île. Mais maintenant je suis là !

—C'est absurde ! protesta Sara.

—Deuxièmement, vous êtes noirs tous les deux, continua Finn sans se démonter. Vous êtes prisonniers, coincés par votre race. Mais pas moi !

—Facile à dire. Tu es blanc, toi, répliqua la jeune fille.

—Troisièmement, poursuivit Finn en comptant sur ses doigts, tu es jalouse d'Anne, oui, jalouse. C'est ta sœur quand ça l'arrange et ta maîtresse le reste du temps. Miguel la regarde avec des yeux de merlan frit et tu l'aimes par jalousie ! Voilà !

Sara garda longtemps le silence.

—Tu es bien plus malin que tu en as l'air, admit-elle enfin.

—Eh oui ! Et plus mignon, aussi, de près. De tout près ! plaisanta le blessé.

Il caressa à son tour la main de Sara et soupira :

—Laisse-moi seul maintenant. L'intelligence, ça m'épuise…

La convalescence de Finn se déroulait plutôt bien. Il pouvait déjà quitter son lit, marcher dans les jardins, se risquer jusqu'au rivage. Il s'allongeait sur le sable, le visage baigné de soleil, ou enfourchait Midas pour rendre visite aux mouettes qui nichaient sur les promontoires pelés par le vent.

Anne Mandayville avait changé, et Alegria aussi… Finn attendait que quelque chose arrive. Et un matin, Miguel entra dans sa chambre.

— Je te dois la vérité, commença-t-il sans préambule. Je te prenais pour un lâche, mais ton arrivée a changé notre vie, comme si le destin t'envoyait.

Finn rougit un peu, impressionné.

— Je suis né à Saint-Domingue, raconta Miguel. Mes parents étaient esclaves, dans les champs de canne à sucre. Toi, tu es orphelin, n'est-ce pas ?

— Oui, répondit doucement Finn.

— Pas moi, ou plutôt je n'en sais rien. J'avais sans doute des frères et des sœurs, mais je ne m'en souviens pas. À l'époque, je vivais comme une bête, comme une brute, gronda Miguel. Un jour, on m'a vendu, j'ignore même pourquoi. Je me suis retrouvé sur une autre plantation. Je n'ai jamais revu mes parents. Je ne me souviens ni de leur nom ni de leur visage.

Il sourit tristement.

—Je me suis sauvé trois fois, comme toi en Irlande. On m'a repris, battu, fouetté. J'ai recommencé, on m'a enchaîné. J'ai volé une lime, j'ai usé mes chaînes. Ils m'ont repris et condamné à avoir les pieds et les mains tranchés.

—C'est impossible! protesta Finn épouvanté.

—À la hache, murmura Miguel. C'était la loi, leur loi! Ils m'ont mis au pilori, sur la place du village, en attendant. Et le capitaine Mandayville est arrivé.

Miguel, repris par ses souvenirs, tremblait de tous ses membres. Il se passa la main sur le front et continua avec effort:

—Ma tête était prise dans un carcan… J'avais des mouches dans les yeux, des croûtes sur le visage. Mandayville m'a demandé: «Pourquoi es-tu là, garçon?»

Je lui ai craché dessus, sans l'atteindre. Il a placé la main sur l'épaule de son fils, qui l'accompagnait. Enfin… je le prenais pour son fils: un garçon de mon âge mais très mince, blond, les cheveux courts.

—Mademoiselle Anne! devina Finn.

—Oui… Mandayville m'a dit: «Je cherche un serviteur solide. Je t'achèterai avant qu'ils te mutilent, si tu en vaux la peine. Pourrais-tu vaincre mon fils à la lutte, loyalement ? »

Le « garçon » semblait moins fort que moi, continua Miguel, mais j'étais très faible. Mandayville avait parié sur son fils. Si je gagnais, il perdrait de l'argent, mais si je perdais, je l'intéresserais moins. Je ne savais pas quoi faire !

— Et alors ? demanda Finn en ouvrant de grands yeux.

— Je me suis rué sur « lui » comme un sauvage ! Pour une fois que je tenais un Blanc ! J'ai failli « le » massacrer ! Nos visages étaient tout près l'un de l'autre et alors... j'ai compris que c'était une fille. Une Blanche ! Je me suis jeté en arrière, épouvanté ! Tu sais ce qu'on fait aux esclaves qui attaquent une Blanche, non ? Et pourtant Mandayville a tenu sa promesse. Il m'a racheté et gardé comme domestique.

Miguel hocha la tête, toujours perdu dans ses souvenirs.

— Il n'était pas comme les autres. C'était un hors-la-loi, c'est pour ça qu'il cherchait un jeune rebelle. Il aimait Sara, il l'élevait presque comme sa fille. Alors moi... je POUVAIS le servir.

L'adolescent serra ses bras contre son corps, comme s'il avait soudain très froid.

—Sans lui, c'était la hache ! Au début, j'en rêvais toutes les nuits, je me réveillais en hurlant ! En plus, il m'aimait bien. Il m'a laissé m'instruire. C'était un rebelle à sa façon, comme ses filles. Alors je le servais. Aveuglément. Je tuais pour lui, s'il le fallait. Et maintenant, je tue pour elle, tu comprends ? Pour Anne.

—Et tu l'aimes, souffla Finn.

—Oui, répondit simplement Miguel.

—Elle t'aime aussi, affirma Finn.

—Oui. Mais ça ne sert à rien. Elle est blanche, un point c'est tout.

Il se pencha et serra si fort la main de Finn que le blessé faillit crier.

—Le destin nous unit, Anne, Sara et moi. Et désormais, te voilà l'un d'entre nous, puisque tu aimes Sara. Alegria te hante, toi aussi.

Il se leva et quitta brusquement la pièce. Finn resta seul, perdu dans ses pensées.

8. La capture d'Anne Mandayville

Le mois suivant, l'*Anaconda* repartit à l'aventure. Anne Mandayville, Miguel et Sara la suivirent, comme toujours. Finn, encore convalescent, resta seul sur l'île.

Finn le rêveur parcourut à loisir la grande demeure. Ses pieds nus glissaient doucement sur les fleurs de mosaïque des patios. Il s'asseyait dans les grands fauteuils de bois sculpté venus d'Espagne, effleurait gravement les miroirs vénitiens où Anne Mandayville contemplait sa beauté. Des colibris survolaient la fontaine aux Étoiles, le bassin de l'Infante, le bassin du Maure, la fontaine d'Endymion. Finn Mc Cloud nageait, rêvait, dormait dans la demeure abandonnée, oublié mais heureux. Ses songes le protégeaient. Il lisait les livres de Miguel et déclamait la suite de la tirade d'*Othello*.

Le général noir séduisait par ses récits Desdémone, la belle Vénitienne.

«Alors j'avais à faire mention d'antres vastes et de déserts stériles, de carrières sauvages, de rochers et de montagnes dont les cimes touchaient le ciel, et j'en faisais la description ; puis je parlais des cannibales qui se mangent les uns les autres, des anthropophages et des hommes qui portent leur tête au-dessous des épaules… Desdémone semblait singulièrement intéressée par ces histoires… elle revenait et dévorait mes discours d'une oreille avide… Elle m'aima pour les dangers que j'avais courus, et moi je l'aimai pour la pitié qu'elle leur montra…»

—Si je savais parler comme ça… murmurait Finn en refermant son livre, Sara m'aimerait !

L'*Anaconda* revint au bout d'un mois. Une barque se détacha du navire et déposa Sara et Miguel sur la jetée. Anne n'était pas là. Finn, assis sur le rivage, se redressa vivement. Midas, qui lui tenait compagnie, continua à déguster ses chardons.

L'*Anaconda* tirait doucement sur son ancre. Quelques matelots s'activaient sur le pont, dans les voiles. Silva, le cuisinier, vidait ses eaux sales par-dessus bord.

Finn comprit immédiatement que quelque chose n'allait pas. Miguel semblait plus vieux, plus lourd que d'habitude.

— Que s'est-il passé ? demanda Finn. Où est mademoiselle Anne ?

Sara le regarda sans un mot. Elle luttait contre ses larmes.

— Ils l'ont capturée, annonça Miguel de sa voix brève.

— Capturée ? répéta Finn sans comprendre.

— Les Espagnols, expliqua Miguel. Ils l'ont enfermée à Roca Verde.

Roca Verde… Finn connaissait ce nom. Il s'agissait d'un îlot-forteresse au large de Maracaïbo.

— C'est arrivé comment ? bredouilla-t-il.

— Ça ne te regarde pas ! gronda Sara. Laisse-nous tranquilles.

— Mais… je veux vous aider, assura le garçon.

Sara lui tourna le dos et courut vers la maison. Miguel le dévisagea longuement.

— Nous aider… Pourquoi ?

— Vous m'avez accueilli, répondit simplement Finn.

— Bon. Tu peux venir, décida le jeune Noir.

Finn caressa Midas qui frottait ses naseaux contre la paume de sa main et suivit Miguel.

—C'est arrivé comment? répéta-t-il.

Miguel haussa les épaules.

—Nous étions à Panama. Un de nos indicateurs prétendait que le maire de la ville possédait une collection de figurines en ivoire venues du Japon.

—Et alors?

—Le maire donnait un bal...

—Toujours la même tactique, murmura Finn.

—Une fois de trop! Le maire habitait une maison entourée de palmiers, de grands cactus... et de soldats. Mademoiselle Anne nous précédait. Je portais son ombrelle, comme d'habitude. Ils l'ont capturée peu après son arrivée. Sara et moi, nous devions coucher à l'écurie et ils ne se sont pas immédiatement occupés de nous. Nous avons pu fuir avant qu'ils ne nous arrêtent aussi.

Les jeunes gens décidèrent de tenir un conseil de guerre. Les fenêtres du salon s'ouvraient sur les patios. Dehors, les orangers frémissaient au vent. Une lueur verte, liquide, teintait les meubles de bois sombre. Finn s'assit en silence en face de Sara.

—Nous sommes le 10 avril, commença-t-elle d'une voix blanche. Ils l'exécuteront à la fin du mois.

—Ils ne pendront jamais une fille ! s'exclama Finn.

—Bien sûr que si ! Ils la traquent depuis plus de deux ans ! répliqua Sara. Ils ont tué mon père et maintenant c'est le tour de ma sœur. Il faut la sauver !

Sara fixa un portrait d'Anne accroché au mur, juste en face d'elle.

—Je ne la laisserai pas mourir ! martela-t-elle. Je la sauverai coûte que coûte !

—Mais comment ? intervint Miguel. Les canons de Roca Verde contrôlent la baie de Maracaïbo.

—Tant pis ! affirma Sara. Nous ne risquons...

Elle se tut mais Miguel termina à sa place :

—Nous ne risquons que nos vies.

Elle se leva et fonça vers la porte en lançant avec impatience :

—Suivez-moi !

—Où ça ? demanda Miguel.

—Sur l'*Anaconda*. Nous lèverons l'ancre le plus tôt possible.

Sara, Miguel et Finn montèrent ensemble à bord du navire. Les membres de l'équipage les attendaient, rassemblés sur le pont. Ils ne semblaient pas très amicaux. Silva, le cuisinier, mâchonnait une carotte de tabac d'un air renfrogné.

— Alors ? demanda un certain Pablo de Badajoz, un géant aux poings énormes.

— Nous partons pour Roca Verde, décida Sara.

— Et pourquoi ça ? lança le colosse avec insolence.

— Pour sauver ma s... mademoiselle Anne, répondit Sara.

— Mademoiselle Anne... répéta lentement Pablo de Badajoz en dévisageant tour à tour la jeune mulâtresse, l'esclave africain et l'Irlandais aux cheveux roux. Voyez-vous ça...

Il regarda ses compagnons pour s'assurer de leur soutien et ajouta :

— De quel droit nous donnes-tu des ordres ?

— Je suis... commença Sara.

Finn fronça les sourcils. La situation se présentait plutôt mal. Anne Mandayville contrôlait l'équipage grâce au souvenir de son père. Seulement... Anne était blanche. Or Sara était noire, la fille d'une esclave. Sara marchait pieds nus dans les rues de Bahia. Sara savait lire et écrire, mais la plupart des Blancs, y compris les marins de l'*Anaconda*, s'en moquaient bien. Ils ne connaissaient même pas leur alphabet.

Sara se tourna vers Miguel pour demander son aide. C'était une erreur.

—Il faudrait obéir à une servante, grogna aussitôt Pablo de Badajoz, et à un esclave !

—Pas question ! gronda Silva.

—On devrait les vendre à Carthagène, ajouta un troisième.

—Et pourquoi pas ? reprit Pablo de Badajoz. Vendons-les sur le continent !

Sara recula, effrayée. Miguel posa sa main sur la crosse de son arme. La situation devenait très dangereuse, même pour Finn. Au mieux, les pirates le rosseraient. Au pire, ils le tueraient.

Les marins resserraient leur cercle. C'était la fin ! Soudain, Miguel s'écria :

—Vous oubliez le trésor !

Les matelots se figèrent.

—Quel trésor ? demanda Pablo de Badajoz d'un ton soupçonneux.

—Le trésor du capitaine Mandayville, répondit très vite Miguel. Il l'a caché avant sa mort. Mademoiselle Anne est la seule qui sache où.

—Et alors ? grogna le colosse.

—C'est moi qui l'ai enterré, deux mois avant sa mort, affirma Miguel. Mon maître m'avait emmené sur une des îles de la baie mais…

Le jeune esclave haussa les épaules.

—Je ne sais ni lire ni écrire, ni utiliser une carte. Le maître m'avait choisi à cause de ça. Mais mademoiselle Anne, elle, connaît le nom et la position de l'îlot.

Miguel se tut et attendit, le visage impassible. Finn, frémissant d'espoir, saisit la main de Sara.

Pablo de Badajoz consulta ses camarades. Les marins discutèrent un moment à voix basse, puis le géant décida :

—C'est d'accord. Nous sauverons la demoiselle et ensuite nous nous partagerons le trésor… comme nous le voudrons ! précisa-t-il d'un ton menaçant.

—Bien ! Nous partirons dès que possible, décida Sara comme s'il ne s'était rien passé.

Finn soupira. Miguel avait évité la catastrophe ; pour le moment.

9. La forteresse

Le voyage vers Roca Verde se déroula sans incidents. Finn et ses camarades s'isolaient prudemment du reste de l'équipage. Finn se rendait trois fois par jour à la cambuse. Silva lui donnait des provisions que l'ancien mousse partageait avec ses camarades. Le reste du temps Finn, Miguel et Sara, accroupis à l'avant, préparaient leur plan d'action. Leur vie dépendait à la fois de la cupidité des Espagnols, de celle de l'équipage, et de la présence d'esprit d'Anne.

Au bout d'une semaine de traversée, l'*Anaconda* pénétra enfin dans la baie de Maracaïbo.

Finn contempla en silence la forteresse de Roca Verde dressée sur l'horizon. Deux tours carrées couronnaient le bâtiment. De grands oiseaux de mer, albatros, goélands et freux aux ailes noires, planaient au-dessus des murailles. Finn distinguait des terrasses de pierre, des casemates fortifiées, des canons pointés sur la baie.

—Plutôt sinistre… souffla le garçon.

—Nous mourrons peut-être là, lui répondit gravement Miguel.

—Que fait-on maintenant ?

—Tu te souviens de notre plan ? Tu vas me livrer au gouverneur comme convenu, répondit calmement Miguel, et tu lui raconteras la même chose qu'aux autres. J'étais l'esclave du capitaine Mandayville et mademoiselle Anne connaît le trésor de l'*Anaconda*. Le gouverneur la sortira de sa prison. Ensuite…

Miguel serra les dents et continua :

—Au pire elle mourra en plein air, en tentant sa chance, et pas pendue, ou dévorée par la vermine dans un cachot puant.

—Et nous ? marmonna Finn.

—Il nous pendra, répondit Miguel d'un ton léger. Mais ça m'étonnerait ! Gouverneur ou pas, il rêve de trésors cachés, exactement comme les marins ivres des cabarets.

Finn devait « livrer » Miguel comme s'il l'avait capturé. Il reçut donc un pistolet pour « menacer » l'adolescent et mieux tromper les Espagnols. Sara, elle, restait sur l'*Anaconda*, à la merci de Pablo de Badajoz. Elle lui servirait d'otage.

—Ça ne me plaît pas beaucoup, soupira Finn le soir des adieux.

—Nous n'avons pas le choix, répliqua Sara.

Finn lui tendit gravement la main.

—Si je reviens, m'embrasseras-tu ? lui demanda-t-il.

—Reviens avec ma sœur, exigea Sara.

—Je te le jure ! répondit Finn.

—Moi aussi, promit Miguel.

—Pas d'adieux ! le coupa Sara. Allez-vous-en !

Finn soupira et suivit Miguel. Ils descendirent dans la barque et levèrent la tête : Sara, encadrée par deux pirates, agita la main en signe d'adieu.

—À bientôt ! crièrent les garçons d'une même voix.

—J'ai confiance ! répondit la voix déjà lointaine de leur amie.

Miguel empoigna les avirons et commença à ramer. Finn, encombré de son pistolet, se sentait très mal à l'aise. Il pensait à Sara. Et à la potence ! En plus il n'appréciait guère les petites barques, surtout en pleine nuit. Une noyade est si vite arrivée !

À l'aube, des embarcations espagnoles, conduites par des pêcheurs aux gestes amicaux, les repérèrent et les guidèrent vers une jetée de bois, sous les murailles de la forteresse. Une nuée de soldats les entoura aussitôt. Le sergent qui commandait le détachement, un certain Fernandez, s'empara de l'arme de Finn.

— Qui êtes-vous ? demanda-t-il.

— Je m'appelle Finn Mc Cloud. Je suis irlandais, balbutia Finn qui n'en menait pas large.

— Et ce Noir ?

— Heu… l'esclave du capitaine Mandayville, bredouilla l'ancien mousse. C'est à cause de lui que je suis là. Je dois absolument parler au gouverneur.

— À son Excellence ? Et puis quoi encore ? ricana le sergent.

— C'était l'esclave du fameux capitaine Mandayville ! répéta le garçon. Il raconte que votre prisonnière, la jeune fille, sait où trouver le trésor de l'*Anaconda*.

« Trésor ». Le mot magique agit sur Fernandez exactement comme sur les matelots. Le sergent ordonna à ses hommes d'emmener les garçons à l'intérieur. Miguel et Finn, dont les dents claquaient comme des castagnettes, pénétrèrent dans la forteresse.

Les soldats conduisirent les prisonniers à travers une suite de couloirs, d'escaliers, de corridors courant sous les murs de Roca Verde. Ils aboutirent enfin dans une pièce carrée, haute de plafond, mal réchauffée par une cheminée surmontée du blason de Castille.

—Le gouverneur Olivares... souffla Miguel à l'oreille de Finn.

Le gouverneur, un personnage aux tempes grises, aux mains soignées, écoutait le rapport du sergent.

—Où se trouve ce fameux trésor? demanda le gouverneur aux prisonniers.

—Sur l'îlot de Santa Clara, non loin d'ici, répondit Miguel en gardant les yeux prudemment baissés.

Le gouverneur réfléchit un instant. Il donna un ordre à un secrétaire qui s'éclipsa aussitôt et revint dix minutes plus tard en compagnie d'Anne Mandayville!

Miguel se raidit. Finn frémit de pitié. Anne avait les cheveux emmêlés, les vêtements déchirés, le visage tuméfié, mais ses yeux clairs brûlaient de rage.

La jeune fille s'immobilisa. Son regard dur se posa sur Finn, puis sur Miguel. Elle cilla imperceptiblement, mais ses traits restèrent impassibles.

—Emmenez-les, décida le gouverneur. Je dois réfléchir. En attendant, traitez-les correctement.

Finn et Miguel se morfondirent pendant deux jours dans une cellule relativement confortable. On les nourrissait assez bien et les rats ne les taquinaient pas trop. Pour tuer le temps, ils parlaient d'Anne Mandayville.

—Ils l'ont battue ! répétait Miguel pour la millième fois.

—Elle allait plutôt bien, assurait Finn.

—Je les tuerai, je les tuerai !

L'ancien mousse ne répondait pas, un peu effrayé. Il se souvenait de Bahia et du *Chat Couronné*... Il valait mieux détourner la conversation. Finn parlait alors de son enfance en Irlande et Miguel lui répondait en évoquant l'Afrique et ses déserts, ses jungles, ses lions, ses fleurs jaunes et pourpres... Il ne connaissait pas le continent noir mais rêvait de le parcourir, et d'aider les esclaves destinés aux marchés d'Amérique ou d'Arabie.

Le troisième matin, le sergent Fernandez pénétra dans le cachot et lança :

—Debout ! Nous partons !

—Heu... pour où ? marmonna Finn d'une voix étranglée.

— Sois tranquille, pour Santa Clara, pas la potence, répondit le sergent en devinant sa pensée.

L'*Esperanza*, le navire personnel du gouverneur, était magnifique. Hélas, Finn n'en profitait guère. Il se voyait déjà pendu au grand mât ! Les Espagnols chercheraient le trésor au sommet des palmiers de Santa Clara, au fond des huîtres, à l'intérieur des noix de coco ! Mais ensuite ils lui ouvriraient le ventre pour y trouver l'or !

Miguel, lui, se consacrait entièrement à Anne Mandayville. Il baignait son visage et ses mains. Anne se laissait faire, les yeux mi-clos. Elle reprenait lentement ses forces. Miguel la ramenait lentement à la vie, à la joie du soleil et du vent. Finn les enviait. Leur amour les embellissait. Mais… il avait mortellement peur pour Sara. Pablo de Badajoz lui ferait subir… n'importe quoi, si le plan échouait !

Le ciel était clair, la mer lumineuse, le soleil doux comme du miel. Des poissons multicolores suivaient l'*Esperanza*, des sirènes mélancoliques chantaient sous l'eau, pareilles à des songes, mais Finn Mc Cloud ne pensait qu'à Sara. La peur voilait ses rêves.

L'*Esperanza* aborda l'îlot sans incident. Le gouverneur Olivares ordonna aussitôt à Fernandez de débarquer les prisonniers.

Finn, heureux de se dégourdir les jambes, examinait avec attention les alentours. L'îlot, désert et plutôt rocailleux, n'abritait que des chèvres sauvages, des oiseaux criards et des arbres tordus par l'ouragan. Par endroits, de hautes falaises dominaient des remous d'écume et des tourbillons rugissants. Le vent salé bruissait dans les feuilles, les palmes odorantes. Il tourmentait les récifs autour de l'îlot, leur prêtant des formes étranges : châteaux en ruine ou sphinx accroupis.

Finn, bousculé par un des soldats, pressa le pas. Miguel et Anne Mandayville, étroitement encadrés par les Espagnols, marchaient vite. Le gouverneur Olivares, lui, soufflait, grognait, haletait.

Le petit groupe, guidé par Anne et Miguel, se retrouva au bord d'une falaise. Le sentier serpentant au bord du vide était si étroit que seules deux personnes pouvaient y marcher de front. Miguel en profita ! Il saisit la main d'Anne et se lança avec elle dans les flots.

Finn, pétrifié, se pencha sur l'eau. La tête sombre du jeune Noir et la chevelure blonde d'Anne Mandayville émergèrent un court instant, puis disparurent pour de bon.

— Rattrapez-les ! hurla Olivares.

— Mais comment, Excellence ? gémit Fernandez. C'est trop dangereux.

Le sergent avait raison : des récifs acérés comme des rasoirs tranchaient les flots écumants. Impossible de plonger pour rattraper les jeunes gens… ou pour les sauver.

Finn, épouvanté, retenait ses larmes. Anne et Miguel… Ils étaient morts ! Le garçon se sentait désespéré… et trahi. Ils ne l'avaient pas prévenu. Ils l'avaient abandonné !

Le sergent l'empoigna par le bras et gronda :

— Toi, conduis-nous au trésor ! gronda Fernandez.

Finn frémit, fouetté par les regards furieux des soldats. L'or de Mandayville ? Il n'existait même pas !

— Alors ? insista le gouverneur.

Finn baissa la tête et murmura :

— C'était une ruse. Il n'y a pas de trésor.

Épilogue

Les soldats ramenèrent Finn à Roca Verde et l'enfermèrent dans son ancienne cellule sans autre forme de procès.

Les jours passèrent. Finn attendait la potence.

Une semaine…

Le garçon ne rêvait plus, ne dormait plus. Son enfance le hantait: les lacs, les collines et les forêts d'Irlande, l'odeur de la tourbe et des fougères, les visages de ses parents. Son père aimait tellement le sucre qu'il se privait de tabac pour en acheter. Sa mère portait une robe jaune les jours de fête. L'orphelin revoyait encore les couleurs de la mer, les colères de l'océan, les arbres et les oiseaux moqueurs d'Alegria…

Deux semaines…

Finn pensait à Miguel, l'esclave brutal et taciturne devenu son ami, à Anne Mandayville, belle comme Guenièvre, triste comme Iseult. Ils étaient morts, morts ensemble, et lui mourrait bientôt…

Dix-neuf jours…

Le visage noir de Sara flottait sur les murs sombres de la cellule, comme une ombre dans la nuit. Finn lui parlait, la suppliait. Il voulait la revoir. Il en criait de solitude ! Mais le vingtième jour, la vraie Sara pénétra dans le cachot, encadrée par deux geôliers, le visage tuméfié. On l'avait battue, comme Anne. La porte se referma derrière elle. Finn, éberlué, s'approcha timidement de son amie.

— Toi ? Co… comment ? balbutia-t-il.

— Comme vous ne reveniez pas, Pablo de Badajoz m'a vendue, répondit la jeune fille. Ma tête était mise à prix et il m'a livrée à Olivares pour toucher la récompense.

Finn saisit les mains de Sara entre les siennes mais les relâcha aussitôt. La jeune fille semblait plus faible, plus frêle qu'avant, à Alegria…

— Ils t'ont fait très mal ? murmura-t-il.

—Peu importe, répondit l'adolescente en souriant tristement. Ils nous pendront bientôt.

—Je le sais, répondit le garçon en haussant les épaules.

—Et tu n'as plus peur? s'étonna Sara.

—Si, mais c'est comme ça, soupira Finn.

Il s'approcha de son amie et se serra contre elle. Elle se laissait enfin aimer, aux portes de la mort. Finn n'aurait jamais cru vivre à la fois un tel bonheur et tant de douleur…

Les jours passaient…

Les jeunes gens parlaient à mi-voix. Les gardiens les observaient peut-être. Finn et Sara attendaient la nuit pour s'embrasser, s'étreindre avec désespoir.

—Pourquoi nous laissent-ils ensemble? s'étonna une fois le garçon.

—Pour qu'on parle du trésor entre nous, expliqua Sara avec un rire désabusé. Ils y croient encore un peu mais ils se fatigueront bientôt. Alors ils nous pendront.

Des rats couraient sur le sol. L'océan frappait les murailles. Les prisonniers devinaient, au-delà des murs, les étoiles et les navires, les oiseaux et le vent. Les esprits d'Anne et Miguel hantaient sûrement les tempêtes…

—Tu penses à eux? demandait Finn.

—Sans arrêt.

Finn soupira. Elle était si proche de lui, maintenant, mais Miguel les séparait toujours.

—J'aurais voulu connaître ton père, déclara-t-il. Moi, je ne suis pas l'un d'entre vous. Je suis arrivé trop tard sur Alegria.

—Je n'ai plus que toi, répondit Sara en posant sa tête sur sa poitrine. Nous mourrons bientôt ensemble, comme eux.

—Ensemble... répéta Finn en lui caressant les cheveux.

Un matin, la porte s'ouvrit. Le sergent Fernandez s'encadra sur le seuil.

—Venez. Il est temps.

Les jeunes gens voulaient mourir dignement. Ils se levèrent, se prirent par la main et suivirent les soldats.

Ils parcoururent de longs couloirs lugubres, comme la nuit où Finn et Miguel avaient découvert la forteresse. Les hennissements des chevaux, le brouhaha des forges leur parvenaient faiblement. Sara tremblait. Le sang de Finn battait contre ses tempes.

Ils débouchèrent dans une cour carrée, pavée de pierre grise. Le soleil les éblouit un instant. Finn, livide, cherchait la potence des yeux.

—Par ici, ordonna Fernandez.

Un dernier couloir passait sous une arche glaciale, reliant la cour à une petite plage couverte de galets. Ils virent une barque et deux marins inconnus.

—Allez-y. Filez! ordonna le sergent.

—Quoi? Mais comment? balbutia Finn.

Sara trébucha et faillit tomber. Elle se raccrocha de justesse au bras de son ami.

—Vous êtes libres! insista le sergent. Montez dans cette barque et partez avant que le gouverneur ne change d'avis.

—Je ne comprends pas... bredouilla Finn.

—Obéis... le supplia Sara à bout de forces.

Ils montèrent dans la barque. Les deux matelots empoignèrent leurs rames et s'éloignèrent rapidement du rivage.

—Où allons-nous? demanda Sara couchée au fond de la barque. Elle tremblait de fièvre.

Les marins ne répondirent pas. Finn se taisait. Le vent brûlait ses yeux. Il pleurait, mais ça lui faisait du bien.

Dix heures plus tard, la barque aborda un port minuscule. Des vieillards sommeillaient près de pirogues délabrées. Des enfants couraient entre des cabanes blanchies à la chaux.

Un petit voilier les attendait. Sara et Finn montèrent à bord et repartirent, si désorientés qu'ils ne posèrent aucune question. Sara, malade, somnolait sans arrêt. Finn la veillait. Et cinq jours plus tard, ils débarquèrent sur Alegria !

L'île entière les accueillit ! Les mouettes et les goélands tournoyaient dans le ciel, Midas lui-même agitait gaiement les oreilles en signe de bienvenue.

Anne et Miguel étaient là, vivants ! C'était un miracle de plus, comme la liberté, les oiseaux fous, l'odeur des fleurs. Ils entraînèrent Finn et Sara qui se retrouvèrent dans le grand salon sans comprendre ce qui leur arrivait. Miguel et Anne, très excités, parlaient en même temps. Ils devançaient les questions de leurs amis.

— Le secret de Santa Clara était le dernier cadeau de notre père, commença Anne.

— Un siphon relie l'endroit où nous avions plongé à une grotte pratiquement inaccessible, continua Miguel. Les récifs et les tourbillons semblent mortels vus d'en haut, mais de bons nageurs peuvent les éviter et gagner la grotte en empruntant le siphon. Sara l'ignorait. Elle ne nous accompagnait pas sur l'*Anaconda* et le capitaine Mandayville ne lui a jamais parlé de Santa Clara.

—Mais tu aurais dû m'avertir moi, avant de plonger ! s'écria Finn. Vous m'avez abandonné !

—C'était impossible, répliqua Miguel. Les Espagnols nous surveillaient.

Il hocha gravement la tête.

—Tu ne connaissais pas les récifs, Anne et moi si. Tu n'aurais pas pu nous suivre. Tu devais rester derrière nous, alors il fallait que tu croies vraiment à notre mort. Sinon le gouverneur l'aurait sûrement remarqué. Il t'aurait forcé à parler, à livrer notre cachette. Non, tu ne pouvais rien savoir ! Alors nous t'avons abandonné, comme tu dis. Je suis désolé…

—C'est la rançon du danger, soupira Anne Mandayville.

Elle semblait assez gênée, et Miguel aussi. Finn et Sara se regardèrent puis leur sourirent.

—Vous n'aviez pas le choix, admit l'ancien mousse. Qu'avez-vous fait ensuite ?

—Nous avons nagé jusqu'à la grotte pour attendre le départ de l'*Esperanza*.

—Seuls tous les deux ? demanda Finn.

Anne et Miguel se regardèrent en souriant.

—Merveilleusement seuls… confirma le jeune Noir.

—Miguel pêchait un peu. Nous dormions sur du sable fin… très confortable, ajouta Anne d'une voix malicieuse que Finn ne lui connaissait pas. Elle semblait transfigurée, bien plus belle qu'avant ! Finn réalisa qu'elle et Miguel s'étaient enfin aimés librement dans la grotte. Anne n'était plus la même.

« C'est parce qu'elle admet son amour... », réalisa l'ancien mousse.

— Des pêcheurs longent assez souvent les côtes de Santa Clara, continua Miguel. Une de leurs barques nous a recueillis et déposés sur l'île de Saint-Kitts. Nous connaissons une famille de négociants, là-bas, les Poincy de Basseterre. Ils nous ont aidés à regagner Alegria.

— Mais pour nous ? Comment avez-vous fait ? demanda encore Finn.

Anne Mandayville haussa les épaules.

— Le gouverneur Olivares convoitait le trésor du capitaine Mandayville, n'est-ce pas ? Il l'a obtenu. J'ai payé votre rançon. Je lui ai tout donné. Mais il valait mieux ne pas le tenter en nous livrant en personne, ou en lui révélant notre refuge. C'est pour ça que votre voyage a été aussi compliqué. Nous devions absolument brouiller les pistes.

— Vous lui avez réellement tout donné ?! s'écria Finn. L'Œil de Glace, l'Étoile de Saint-Marc, les bijoux, les colliers ?

— Tout, répéta Anne. Il le fallait.

Finn et Sara se regardèrent en silence. Anne Mandayville sourit au jeune rouquin.

— Tu vois, j'ai vaincu mon démon, lui dit-elle. J'ai renoncé à mes bijoux.

— Tes bijoux... répéta Sara. Il ne te reste rien.

— Si, ma sœur, répondit doucement Anne. Et… Miguel.

Sara ne dit rien, mais Finn sentit sa main trembler dans la sienne. Miguel se taisait, mais son silence éclatait de bonheur.

Les jours suivants, les jeunes gens savourèrent librement l'éternel printemps d'Alegria.

Finn explorait l'île pendant des heures, ses plages dorées, ses banians sauvages vastes comme des forêts où se cachaient des colibris capricieux, des landes vertes pareilles à celles d'Irlande et des bosquets de cactus où Midas cueillait parfois, avec prudence, une fleur délicate. Finn parcourait les sentiers côtiers, devinant au loin les archipels où les Européens et leurs esclaves rêvaient de trésors infinis.

« Anne avait raison, songeait le garçon. Je ne les imaginais pas ainsi, les pirates de l'île au trésor. Pas d'abordages, de grands couteaux, de batailles sanglantes, pas d'explosions dans tous les coins ! Mais j'y suis heureux ! »

Au crépuscule, les jeunes gens se retrouvaient sur la grande véranda. Miguel récitait des poèmes. Une nuit, il raconta l'histoire de Sénégal, l'esclave magicien qui vola l'ombre d'une princesse pour qu'elle lui rende sa liberté. Anne évoquait ses premiers voyages en compagnie de John Mandayville. Finn parlait des lutins, des chevaliers de la Table ronde ou de fées. Sara chantait des mélodies étranges, les incantations destinées aux vieux orishas, les dieux d'Afrique qui hantaient les ruelles de Bahia. Anne Mandayville préparait déjà de nouvelles expéditions, de joyeuses et subtiles escroqueries. Les Caraïbes lui appartenaient !

Oui, ils parlaient beaucoup, mais pas d'amour…

Anne et Sara se réfugiaient dans leurs chambres et en ressortaient vêtues de soie, comme pour une fête. Sara utilisait maintenant la garde-robe de sa sœur. Les jeunes filles se consultaient longuement, en secret, puis se laissaient admirer…

Elles envoûtaient les garçons ! En échange Miguel et Finn, promus marmitons en chef d'Alegria, leur préparaient des plats de rêve.

Miguel connaissait la cuisine française, des recettes créoles redoutablement épicées et mille petits plats indiens ou chinois glanés pendant ses voyages...

Finn et Miguel nageaient ensemble, comme avant. Ils pêchaient, puis préparaient le repas de leurs amies. Ensuite, Miguel et Anne s'isolaient dans la grande maison. Sara, assise dans le jardin, méditait en silence. Elle pensait encore à Miguel.

Et puis, un matin...

Finn bêchait un carré de pommes de terre sous la haute surveillance de Midas. Sara le rejoignit.

— Viens avec moi ! ordonna-t-elle.

— Où ça ?

— Viens avec moi ! répéta-t-elle d'une voix sans réplique.

Finn posa sa bêche contre le tronc d'un bananier et la suivit. La jeune fille l'entraîna vers un promontoire isolé. Les vagues se brisaient sous leurs pieds. Les oiseaux de mer blanc et gris, noir et argent traversaient le firmament.

— Ici, déclara Sara.

— Ici quoi ? demanda Finn.

— C'est ici qu'on s'embrasse !

—Mais on s'est déjà embrassés, répliqua Finn interloqué.

—Dans un cachot rempli de rats ? Ça ne compte pas ! Ici, la vie recommence !

—Tu es sûre ? Et Miguel ? demanda lentement Finn.

Sara se retourna et contempla de loin la maison où Anne et Miguel s'aimaient en paix. Elle regarda Finn droit dans les yeux et s'écria :

—On s'embrasse ou je te jette à la mer !

Finn Mc Cloud sourit une dernière fois à l'océan ensoleillé, ses promesses, ses navires, ses dangers, ses rêves voilés de brume. Et... ils s'embrassèrent.

Table des matières

Paul Thiès

L'auteur est né en 1958 à Strasbourg. Élevé à l'étranger (Buenos Aires, Madrid, Tokyo), il ne découvre la France qu'à l'âge de 17 ans... et va de surprise en surprise.

Paul Thiès habite à présent Paris. Il adore le soleil, les terrasses, les îles bretonnes, les corridas, les vacances, la viande grillée, les fruits de mer, les librairies, le vagabondage au hasard des rues de Paris, le printemps et même l'automne.

Quant à ce qu'il déteste, la liste est bien trop longue !

Cet
ouvrage,
le neuf cent
quatre-vingt-dix-septième
de la collection
CASTOR POCHE,
a été achevé d'imprimer
sur les presses de l'imprimerie
Maury Eurolivres
Manchecourt - France
en septembre 2007

Dépôt légal : mars 2005.
N° d'édition : L01EJENFP3052B003
Imprimé en France.
ISBN : 978-2-0816-3052-9
ISSN : 0763-4497
Loi n° 49-956 du 16 juillet 1949
sur les publications destinées à la jeunesse